PRIS AU JEU

MONIQUE
POLAK

PARKOUR

PRIS AU JEU

la courte échelle

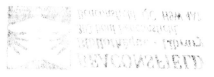

À Erica Lighter, qui a le plus grand cœur que je connais.

M.P.

CHAPITRE 1

— Tu veux parier ?

— Il ne notera jamais celui-là, dis-je à Rick.

On est à la cafétéria, assis au bout d'une des longues tables près de la fenêtre. On n'a pas besoin de consulter le tableau pour deviner ce qu'il y a au menu ce midi. L'odeur de poulet rôti a envahi tout le rez-de-chaussée, ce qui annonce des sandwichs chauds au poulet, noyés de sauce brune.

On sort du cours de français. Coupal nous a donné un autre de ses devoirs débiles. « Faites seul une chose qu'habituellement vous ne faites jamais seul, puis rédigez un texte à ce sujet. » « Observez une fourmilière, puis rédigez un texte à ce sujet. » « Envoyez un mot de remerciement à vos parents, puis rédigez un texte à ce sujet. »

Maintenant, parce qu'on est en train de lire *Alice au pays des merveilles*, il veut qu'on s'assoie devant un miroir et qu'on se demande : « Au fait, je suis qui, moi, dans cet univers ? » Puis – vous

vous en doutez – il veut qu'on rédige un texte à ce sujet.

Le problème avec Coupal, c'est qu'il ne note que certains de nos devoirs. «C'est ma façon de vous garder en alerte, jeunes gens», nous répète-t-il toujours de sa voix puissante, le dessus de son crâne chauve brillant comme une pleine lune. Si vous voulez mon avis, ce type est un paresseux.

— Je trouve que c'est un devoir plutôt cool.

C'est Clara Labelle qui vient d'émettre ce commentaire. Elle est assise à la table d'à côté, ses cheveux blond clair chatoyant sous les rayons du soleil. Elle ne me voit pas quand je me retourne pour l'admirer. Le radar de Clara Labelle ne détecte pas les gars comme moi.

— Alors, Tommy? Vas-tu te planter devant le miroir et faire le devoir de M. Coupal… ou vas-tu faire semblant de l'avoir fait, comme d'habitude? me demande Louis en me donnant un coup de coude.

Je lui file un coup de coude à mon tour, mais un peu trop fort. Louis grimace.

— Hé, ça va pas, vieux!? lâche-t-il en se secouant le bras. Je demandais, c'est tout.

Je me renverse sur ma chaise, en équilibre sur les pattes arrière, et déclare:

— Quand j'observe mon reflet dans le miroir, je vois un superbeau gars. Un gars qui pense que vos devoirs, monsieur Coupal, ne sont que de...

Je jette un coup d'œil pour m'assurer que Mme Taylor, la surveillante du dîner, qui est à l'autre bout de notre table, n'entend pas.

— ... la merde. C'est un gars qui a bien mieux à faire que de perdre son temps avec vos devoirs de cul qui vous le dit.

Louis et Rick éclatent de rire. Quand Rick rit, ses yeux en amande, déjà très écartés l'un de l'autre, semblent disparaître.

— Tu vas vraiment écrire ça? demande Rick après avoir repris son sérieux.

— Quelque chose du genre, dis-je. En tout cas, ce qui est sûr, c'est que je ne passerai pas vingt minutes assis devant un miroir à fixer ma face comme un abruti.

Rick fouille dans son sac à dos et en sort une bouteille d'eau.

— Bois un coup, dit-il à voix basse. Ça va t'aider à faire passer le goût du poulet et de la sauce.

Je prends une longue gorgée. La vodka me brûle la gorge.

— Merci, mon vieux, lui dis-je en me léchant les lèvres. Vous allez bien aujourd'hui, madame Taylor ?

Je la salue de la main quand je m'aperçois qu'elle regarde dans notre direction.

Contrairement à Louis et à moi, ainsi qu'à la majorité des élèves de quatrième secondaire, Rick est nouveau à Hilltop, mais il n'a eu aucun problème à s'intégrer au groupe. Il faut dire que l'Audi A4 rouge décapotable qu'il gare dans le stationnement de *Chez Costa*, juste en bas de la rue, lui a sûrement donné un coup de pouce. Le fait qu'il ne possède qu'un permis d'apprenti conducteur et qu'il n'est pas censé conduire sans supervision ne l'empêche pas non plus de promener son bolide chéri partout en ville comme s'il était Michael Schumacher.

— As-tu fait le devoir d'équations du second degré ? me demande Louis quand le serveur arrive avec nos plateaux. C'est pour aujourd'hui.

Des nuages de vapeur montent du poulet et des boules de purée de pommes de terre.

— Ah, non ! m'écrié-je en me tapant la cuisse sous la table. Ça m'est totalement sorti de la tête. Je gage que tu l'as fait, toi, hein Lou ?

— Je fais *toujours* mes devoirs, répond Louis en dépliant sa serviette blanche en tissu et en l'étalant soigneusement sur ses genoux.

Devant n'importe quel repas – même ceux de la cafétéria de Hilltop – Louis se comporte comme s'il participait à une expérience gastronomique. Pas étonnant que sa bedaine gigote comme celle d'un vieux.

Il se penche par-dessus la table et chuchote :

— Tu copieras le mien après le dîner.

— Lou, t'es super ! lui dis-je tandis que le serveur dépose mon assiette devant moi.

C'est pas que je suis nul à l'école. C'est seulement que je me fiche éperdument d'Alice et de ses merveilles, des équations du second degré ou de Louis Riel. Je ne comprends pas le rapport entre tout ça et moi… et je vois encore moins le lien que ça pourrait avoir avec mon avenir. La devise du collège Hilltop est pourtant : *Préparer de jeunes gens à un avenir brillant.*

Évidemment, le fait que je n'arrive pas à me concentrer en classe n'arrange rien. Mon esprit est toujours en train de vagabonder. Ça fait partie de mon charme. Par exemple, quand Coupal nous parle d'Alice qui atterrit dans un nouveau monde après sa chute dans le terrier du lapin, ça me fait penser au lapin brun que je voyais souvent dehors quand j'étais enfant... avant qu'on déménage dans le condo. Je n'ai jamais su à qui appartenait ce lapin, mais il devait bien être à quelqu'un. Sinon, comment aurait-il pu survivre aux longs hivers froids de Montréal?

Autrement, je regarde du côté de Clara Labelle et j'essaie d'imaginer comment ce serait de l'embrasser... ou de quoi elle a l'air toute nue.

Après le dîner, on descend prendre nos livres de maths dans nos cases. Louis en profite pour me tendre son devoir d'équations du second degré et une feuille. C'est rendu que même copier son devoir, ça me semble exiger trop d'efforts.

— Tu vas m'aider, toi aussi, hein Tommy? me demande Louis pendant que je gribouille les équations.

D'une certaine façon, on peut dire que je suis le prof particulier de Louis.

Je suis peut-être nul en français, en maths et en histoire, mais je suis un vrai petit génie au Texas Hold 'em. Je l'ai été dès le début, quand j'ai appris à y jouer. C'était au camp de vacances, il y a cinq ans. J'avais dix ans.

D'accord, je reconnais que c'est d'abord une question de chance, mais il faut quand même utiliser sa cervelle pour jouer au poker... Ce qui prouve que j'en ai une quand le sujet m'intéresse. Pour bien jouer au poker, il faut comprendre la nature humaine. Il faut savoir saisir le bon moment pour bluffer et être capable de deviner quand un autre joueur bluffe.

Le plus drôle, c'est que je suis parfaitement concentré quand je joue au poker. Louis doit être dans cet état d'esprit quand il fait des maths... ou quand il mange. Quand je joue au poker, même Clara Labelle ne pourrait pas me distraire. Bon, OK, sauf peut-être si elle se promenait nue.

Disons que Louis n'a pas mon talent naturel pour le poker. C'est pourquoi je lui donne des leçons. Je lui montre tout ce que je sais.

Je me relève de la marche d'escalier où je m'étais installé pour copier le devoir de Louis quand Rick passe près de moi en me donnant une tape sur le côté de la tête.

— Hé, dit-il, il paraît que t'es un superjoueur de poker ? Ça te tente de venir jouer une p'tite partie chez moi, vendredi, après l'école ?

J'ai entendu des rumeurs à propos de Rick et de ses amis. On raconte que ce sont vraiment de gros joueurs de poker.

— Tu peux emmener ton ami, ajoute Rick en désignant Louis du menton.

Il jette ensuite un coup d'œil à la ronde pour s'assurer que personne d'autre n'écoute.

— Faut de l'argent, bien sûr, ajoute-t-il.

Louis commence à marmonner quelque chose, mais je lui lance un regard glacial qui le fait taire aussitôt.

— Cool. On sera là.

CHAPITRE 2

— Le joueur à gauche du donneur, c'est la p'tite mise.

— La p'tite mise, répète Louis à voix basse.

Juste à voir la manière dont son front se plisse, je sais qu'il est concentré. On jurerait qu'il va avoir un examen là-dessus.

— Le joueur à gauche de la p'tite mise, c'est la grosse mise.

Louis hoche la tête.

— Le but, c'est de remporter le pot. Pour ça, tu dois avoir la meilleure main… ou voir tous tes adversaires se coucher, c'est-à-dire abandonner. Plus tes cartes sont rares, plus elles ont de la valeur. Si deux joueurs ont des mains égales, c'est le *kicker* qui détermine le gagnant. Le *kicker*, c'est…

— … l'autre carte de ta main, lance Louis en finissant ma phrase.

— C'est ça!

Louis sourit.

On est mercredi, après l'école. Louis et moi, on est assis dans le salon, autour de la table basse en verre et en chrome. Comme d'habitude, il n'y a personne d'autre à la maison. Mes parents sont au bureau et M. Merveilleux – c'est comme ça que j'appelle mon grand frère Marc-Olivier – est à l'étranger depuis septembre. Il a reçu une bourse pour étudier au Massachusetts Institute of Technology, à Cambridge.

Je ne m'ennuie pas de lui. En gros, le gars passe littéralement sa vie devant son ordinateur. Si c'est ça qu'il faut faire pour obtenir une bourse d'études dans une université réservée à l'élite, je préfère passer mon tour.

On habite dans un immense condo au pied du mont Royal. Il s'agit en fait de deux condominiums, mais mes parents ont fait abattre certains murs pour en faire un seul grand. Ils l'ont choisi pour son emplacement. Le condo est situé à Outremont, un vieux quartier plutôt huppé où Pierre Elliott Trudeau (un ancien premier ministre du Canada) a grandi. Et puis, c'est à cinq minutes de marche seulement de Hilltop.

M. Merveilleux aussi est allé à Hilltop. Comme mon père et son père avant lui. « C'est ce qui a

fait de moi l'homme que je suis aujourd'hui»,
répète toujours mon père. J'imagine que c'est
donc à cause de Hilltop que mon père est devenu
le genre d'homme d'affaires qui gagne des mon-
tagnes d'argent, mais qui n'a pas un seul ami sur
la planète… à part ses employés. Mais ceux-là, ils
n'ont pas vraiment le choix.

— Fais-moi ta *poker face*, dis-je à Louis. Vas-y :
une face impassible.

Louis se mord la lèvre inférieure. Je lui fais les
gros yeux.

— Fais pas ça ! Ça te donne l'air nerveux.

— Je suis nerveux.

— Le truc, c'est d'avoir l'air sûr de soi, même si
t'as la pire main de toute l'histoire du poker.

— Montre-moi comment tu fais.

J'avance légèrement le menton, puis je fais une
petite moue bien étudiée. Mes lèvres se touchent,
mais je prends bien soin de ne pas les presser l'une
contre l'autre. Les lèvres serrées sont un autre
signe de nervosité. Tout comme un grand sourire
idiot… ou n'importe quelle sorte de tambouri-
nage. Les joueurs qui tambourinent des doigts sur
la table ou qui tapent du pied ont habituellement
quelque chose à cacher. À moins, bien sûr, qu'ils

aient une main formidable et qu'ils fassent semblant d'être nerveux pour que les autres joueurs
continuent à miser. Le poker, c'est comme la vie :
parfois, ça devient compliqué.

— T'es prêt à jouer une vraie partie ?

— Avec de l'argent, tu veux dire ? demande Louis.

— Ben quoi... il faut s'exercer, non ?

— D'après toi, combien il faut apporter chez
Rick, vendredi ?

— Quelques centaines, minimum. Chacun.

Louis déglutit.

— C'est à peu près tout ce qu'il me reste de
mon été. J'veux pas flamber tout ça. J'ai tondu,
genre, une centaine de pelouses pour amasser ça.

Je lui tapote le bras et dis :

— T'énerve pas, mon vieux. Toi et moi, on va
faire de l'argent. D'ailleurs, tu ne pourrais pas en
piquer un peu à tes parents ?

— Ils ne seraient pas contents de savoir ce que
j'veux en faire.

Je hausse les épaules. Parfois, Louis est vraiment moumoune.

— Qui a dit qu'ils devaient le savoir ?

J'étale les cartes en éventail avant de les brasser.
Puis, j'en distribue deux à chacun.

— Ouais! dis-je en constatant que j'ai une paire de dix.

Louis se mord la lèvre de nouveau. Je lui décoche un regard furieux.

— Oups, fait-il en se ressaisissant. C'est un peu stressant quand ton adversaire lâche un « ouais! » comme t'as fait.

— Comment tu peux savoir? Peut-être que je bluffe?

Le front de Louis se plisse encore.

— OK, Louis. T'es la p'tite mise. Combien tu mises?

— Je mise un dollar.

— J'te suis et relance à cinq dollars.

Je brûle une carte et la dépose au milieu de la table, face vers le bas.

— Bon, maintenant, je vais mettre les cartes du flop, lui dis-je en retournant trois cartes. Dans le flop, il y a trois cartes, les trois premières cartes communes à tous les joueurs. Ça veut dire que toi et moi, on doit combiner nos deux cartes avec celles-ci pour faire une main de cinq cartes.

Une des cartes du flop est le dix de pique.

— Examine bien le flop et trouve ce que tu peux utiliser là-dedans.

— J'peux rien utiliser. J'abandonne. T'as gagné.

Louis dépose ses cartes à découvert sur la table : le deux de pique et le roi de cœur.

— Fais jamais ça !

Je hausse le ton malgré moi. J'essaie d'être patient, mais il ne me facilite pas la tâche.

— Qu'est-ce que j'ai fait ?

— Montre jamais tes cartes à tes adversaires.

— Pourquoi ? demande Louis, perplexe.

— Parce que ça leur dit comment tu joues. Et, plus important encore, parce que ça leur dit comment tu penses.

Louis ramasse ses cartes. Je poursuis :

— D'ailleurs, ça, c'était juste le flop. Il y avait encore deux cartes communes à venir : une avec le tournant et une avec la rivière. Je suis en train de me dire que tu ferais peut-être mieux de te contenter d'observer la partie, vendredi, chez Rick...

— T'as raison, dit-il, l'air visiblement soulagé.

D'un côté, je ne pense pas que je supporterais de le voir perdre tout son argent si durement gagné à tondre des pelouses. D'un autre côté, un peu de cet argent m'appartient maintenant. Je me renverse sur le canapé et annonce :

— Tu me dois onze dollars.

Il me regarde avec cet air de chien piteux qu'il prend parfois.

— Je croyais que t'avais misé cinq dollars.

— Pas du tout : j'ai dit dix.

Je m'efforce de ne pas afficher un sourire satisfait lorsqu'il me tend l'argent. J'ai bien fait de perfectionner ma *poker face*.

III

Le condo est vraiment tranquille après le départ de Louis. Olivia, notre bonne, m'a laissé une assiette de salade de pâtes et de saucisses pour mon souper. C'est un peu pathétique de se retrouver seul dans la cuisine et d'ôter la pellicule plastique qui recouvre son repas. À vrai dire, je commence à me sentir mal d'avoir escroqué Louis de cinq dollars. Je ne sais pas pourquoi j'ai fait ça. Probablement parce que j'en avais l'occasion.

J'ouvre l'armoire pour me prendre un verre. Un miroir est accroché sur le panneau interne de la porte. C'est un miroir comme certains en accrochent dans leur case à l'école, sauf que celui-ci, c'est ma mère qui s'en sert pour vérifier son rouge à lèvres le matin, avant que mon père et elle ne filent au bureau. En le voyant osciller, je pose tout de suite ma main dessus pour l'empêcher de tomber. Qu'est-ce qu'on dit déjà à propos des miroirs brisés ? Sept ans de malheur, c'est ça ?

Je m'approche un peu pour ajuster le miroir et m'assurer qu'il est bien fixé à son crochet. Je sursaute une fraction de seconde en y croisant mes yeux sombres. Puis, je m'arrête pour examiner mon reflet. Bizarrement, c'est comme si je me voyais pour la première fois. Comme si je ne m'étais jamais vraiment regardé auparavant.

Sur le comptoir, j'aperçois un bloc-notes fleuri avec la mention *Liste d'achats* imprimée en haut en lettrage sophistiqué. Je le prends, trouve un crayon et me mets à écrire les pensées qui me traversent l'esprit.

Je commence par écrire : « Qui suis-je, monsieur Coupal ? Eh bien, je ne suis pas ce qu'on appelle un chouchou de prof, ça, c'est certain. » La phrase me fait rire et quand je ris, mes yeux se ferment une seconde. Mais, chose étrange, même les yeux fermés, je continue à voir le gars dans le miroir. Moi.

J'ouvre les yeux et je reprends le crayon. « J'ai les yeux de mon père, le menton en galoche de ma mère et, heureusement, aucun des boutons que mon frère Marc-Olivier avait quand il était en quatrième secondaire. Je mesure un mètre soixante-dix et j'ai une bonne carrure. Mais je suis autre chose encore. »

Je pose mon crayon et fixe mon reflet encore un moment. Puis, je me remets à écrire : « Je suis la déception de mes parents. Je ne suis pas un génie de l'informatique comme M. Merveilleux, et je n'ai aucun talent pour l'école, contrairement à Louis. Je me fiche d'à peu près tout… sauf du poker. Je ne suis même pas un bon ami. Si j'en étais un, je n'aurais pas arnaqué le seul gars que je côtoie depuis ma première année d'école. »

Ce que j'écris ensuite me surprend.

« J'ai peur. Peur de ne jamais arriver à rien dans la vie. »

Je replonge mon regard dans le miroir, mais cette fois, je me détourne. Je repose les yeux sur ce que j'ai écrit. Puis je déchire le papier en petits morceaux et les jette à la poubelle.

Pas question que Coupal lise ça.

CHAPITRE 3

Rick fait la belle vie.

Personne sur son dos pour lui dire quoi faire, à quelle heure rentrer ou de travailler plus fort à l'école. Ses parents vivent à Hong Kong, mais ils veulent que son frère et lui fassent leurs études au Canada. Ils financent donc toute l'histoire : la grosse cabane, les décapotables. Et, probablement, même les parties de poker.

Louis pousse un sifflement d'admiration quand on croise une fontaine ornée de petits anges en se dirigeant vers la porte principale.

— C'est toute une maison ! dit-il à Rick lorsqu'il vient nous ouvrir.

Rick ne porte pas l'uniforme de l'école, mais avec son pantalon gris et son chandail en cachemire blanc, il a quand même une allure assez sérieuse. Sans oublier les lunettes de soleil Ray-Ban argentées qu'il porte sur la tête. Ses cheveux d'un noir d'encre sont coiffés en pics à l'avant.

— Mes parents l'ont achetée à cause de l'adresse, explique-t-il en me serrant la main.

— 888 Mountainview, dis-je. C'est vrai que c'est facile à retenir.

— C'est pas la seule raison, réplique Rick avec un sourire. Les Chinois croient que le chiffre huit porte chance.

Les autres sont déjà arrivés. Il y a Thomas et George, deux gars de Hong Kong que Rick connaissait déjà là-bas. Les pauvres, ils étudient à l'Académie Drake, une école privée pour garçons seulement, à Westmount. Ils ne peuvent jamais voir de filles comme Clara Labelle, sauf la fin de semaine peut-être... ou dans leurs rêves.

Thomas et George sont installés dans une pièce à l'avant de la maison, assis autour d'une vraie table de poker recouverte de feutre. On se salue et on échange une poignée de main. Eux aussi portent des lunettes de soleil. Je sors donc les miennes de ma poche et les mets. Plusieurs joueurs de poker portent des lunettes noires. Pas seulement pour avoir l'air cool, mais aussi pour empêcher leurs adversaires de deviner facilement leurs pensées.

Je désigne Louis d'un geste par-dessus mon épaule et dis :

— Il ne joue pas.

— Pourquoi ? demande Thomas d'un ton sec.

— Parce que je suis encore en train d'apprendre, répond Louis.

Je le vois se gonfler le torse en parlant, mais je sais qu'il est gêné.

— Écoutez les gars, poursuit-il, si ça vous embête que je sois ici, je peux part…

Sa voix diminue et s'éteint avant la fin de sa phrase.

Je ne dis rien. J'attends de voir comment les choses vont tourner.

— Pas question, tranche Rick en dépliant une chaise en métal pour Louis. Tu restes. Ne te laisse pas impressionner par ces deux-là.

Je jette un coup d'œil rapide autour de moi avant de m'asseoir à mon tour. M. et Mme Lee doivent avoir retapé la maison complètement avant d'y emménager. On dirait qu'il n'y a plus aucun mur entre les pièces du rez-de-chaussée… mais seulement des colonnes circulaires couleur crème. Mon regard va jusqu'à la cuisine, équipée d'électroménagers étincelants et, de là, jusqu'à la terrasse. C'est presque la jungle tellement il y a de la végétation. Des plantes qui poussent dans de gros pots dorés et d'autres qui sont suspendues.

La maison est vraiment d'inspiration asiatique. C'est peut-être à cause du tissu rouge et or qui recouvre les canapés et les chaises. Par contre, les grignotines qui traînent sur le comptoir, près de la table de poker, sont tout à fait nord-américaines : des bretzels, des croustilles, des *jelly beans* et, bien sûr, de la bière. Beaucoup de bière. Louis s'offre une grosse poignée de bonbons.

— Qu'est-ce que ça veut dire ? demande-t-il, la bouche pleine, en désignant les caractères chinois peints sur une immense murale en soie rouge.

— Ça signifie « La chance s'en vient », explique Thomas.

— Eh ben, c'est vrai, leur dis-je. J'viens juste d'arriver, non ?

Rick et ses amis ne rient pas. À vrai dire, je ne crois pas vraiment à la chance ; je crois au talent. Au Texas Hold 'em, si on a du talent, on crée sa chance.

George ouvre le sac de bretzels et en mange quelques-uns.

— Alors, t'es prêt à jouer ? me demande-t-il.

Je sens qu'il m'évalue derrière ses lunettes.

Rick prend une poignée de jetons de poker et les fait couler entre ses doigts comme s'ils étaient liquides et non en plastique. C'est un truc que j'ai déjà vu à la télé, mais jamais en vrai. Je m'efforce de ne pas paraître impressionné. Au poker, on ne veut jamais donner l'avantage à son adversaire, pas même une seconde.

— On met chacun cinquante dollars, annonce Rick. Le gagnant remporte tout. Ça te va, Tommy?

J'essaie de ne pas laisser paraître que je n'ai jamais joué pour plus de dix ou quinze dollars. Comme ça, la rumeur disait vrai : Rick et ses amis sont de gros joueurs. Je m'interdis de regarder Louis, qui est assis à côté de moi.

Rick distribue deux cartes à chacun. J'ai un huit et un valet. Ils ne sont pas de la même couleur : le huit est de carreau et le valet est de pique. Pas génial, mais pas catastrophique non plus.

George est la petite mise.

— Je mise dix jetons, dit-il en déposant ses deux cartes sur la table, face cachée.

Je suis la grosse mise. Je me renverse sur ma chaise et souris… mais pas trop.

— Je suis et te relance à vingt.

Rick remporte la première main. Il a une paire d'as, puis un autre as sort avec le flop, et le dernier, avec la rivière. Quand il remporte la deuxième main, j'ai déjà perdu quarante jetons. Je commence à me poser des questions à propos de tous les porte-bonheur rouges et dorés qui ornent la maison. Rick et sa famille ont peut-être découvert un truc.

— Hé, dit Louis en tapant sur l'épaule de Rick, est-ce qu'il y a d'autres bretzels?

Rick se hérisse.

— Ne touche pas mon épaule. Ça porte malheur.

— Malheur? répète Louis. T'es sérieux, là?

— C'est une croyance chinoise, explique George. Il ne faut jamais toucher l'épaule de quelqu'un lorsqu'il joue aux cartes.

— Désolé, dit Louis en éloignant un peu sa chaise de celle de Rick. Alors, ces bretzels?

Rick se lève et va en chercher à la cuisine. Quand il se rassoit, il prend une longue gorgée de bière.

Le huit est peut-être le chiffre chanceux de Rick, mais le mien, c'est le cinq. Je regagne quelques-uns de mes jetons au cours des troisième et quatrième mains, mais je bats Rick à plates coutures à la cinquième.

Comme Thomas et George se sont couchés, il ne reste plus que Rick et moi, face à face. Tout ce que j'ai, c'est une paire de neuf. Il y a trois cartes de carreau dans les cartes communes (celles que le donneur a tournées pour le flop et pour la rivière), mais je vais bluffer.

Je me renverse sur ma chaise et pousse une lente expiration. Je veux faire croire à Rick que je suis détendu et confiant.

— Je mise tout, dis-je en poussant jusqu'à mon dernier jeton dans le pot.

J'entends la respiration saccadée de Louis. Le pauvre, il est plus nerveux que moi.

Rick examine ses cartes, prend une grande respiration, puis les jette sur la table.

— J'me couche.

Il a une paire de dames et une paire de huit.

— T'as une couleur, j'imagine, ajoute-t-il.

Quand il ôte ses lunettes de soleil, il essuie le côté de son nez. J'adore l'idée de l'avoir fait suer.

Le pot vaut cent cinquante dollars et il m'appartient. En cet instant précis, j'ai l'impression d'être le roi du monde. Pas juste à cause de l'argent, mais aussi parce que je suis bon. Parce que je suis un gagnant.

— J'imagine qu'il vous manquait un peu de votre chance chinoise, les gars, dit Louis quand on se lève pour partir.

— Ta gueule, gros con..., lâche Thomas en se levant d'un bond et en brandissant son poing.

J'éloigne Louis de Thomas.

— Il disait ça pour rire. Il a un sens de l'humour étrange, c'est tout.

— Je dois reconnaître que t'es un vrai bon joueur de poker, Tommy, me lance Rick en nous raccompagnant à la porte.

— Merci, mon vieux. On devrait jouer une autre partie, un de ces quatre.

— Ouaip, me répond Rick avec un clin d'œil.

Une chose me tracasse cependant : je ne comprends pas pourquoi Rick s'est couché.

Pendant le trajet du retour, je demande à Louis :

— C'est bizarre quand même... Quelle était la probabilité que j'aie la couleur ?

— C'est toi, mon vieux, c'est toi qui es vraiment bon. Tu l'as eu sur toute la ligne.

Il me jette un regard d'admiration comme si je venais de faire un touché au football ou de finir premier à un examen.

Louis a raison. Je suis bon. Vraiment bon.

CHAPITRE 4

C'est dimanche après-midi et je dois étudier pour mon cours d'histoire du Canada. Je lis et je relis les mots, mais je n'assimile rien. Un paquet de noms d'explorateurs flotte dans mon cerveau. Je commence à me dire que je me concentrerais peut-être mieux si j'allais d'abord faire un peu d'exercice. Au début, je pense à aller courir, mais je me dis ensuite que ce serait bien moins forçant d'aller nager dans la piscine juste en bas. J'échange donc mon jean contre mon maillot de bain et j'attrape une serviette avant de sortir.

On accède à la piscine par l'arrière du hall. La piscine et ses alentours ont été conçus par un architecte français un peu fantaisiste. On se croirait à Saint-Tropez. Il y a des palmiers et de la musique d'ambiance qui est censée nous aider à nous détendre. Certains jours, l'endroit est rempli de petits énervés qui crient et qui éclaboussent tout le monde. Aujourd'hui, heureusement, j'ai la piscine pour moi tout seul.

Je plonge et fais quelques longueurs. L'eau fraîche me ravigote. Puis, je me tourne sur le dos et je me laisse flotter. Mon style, c'est pas mal plus flotter que nager. Je fixe le plafond décoré de fleurs d'hibiscus rouges géantes et je laisse voguer mes pensées.

Je sors de la piscine quand le bout de mes doigts prend la couleur d'une prune. Je pourrais remonter chez moi et étudier, mais je me dis plutôt que je mérite de prolonger ma détente encore un peu. Après tout, la semaine a été fatigante à l'école, surtout que je n'ai manqué aucun cours. C'est un exploit qui mérite d'être souligné, non ?

J'attrape ma serviette et me dirige vers le sauna. J'ouvre la porte en fredonnant le début de la chanson *Candy Shop* du rappeur 50 Cent et en ondulant au rythme de la musique.

Mais je ne suis pas seul. Il y a quelqu'un ici et je crois bien que c'est Clara Labelle. Pendant un instant, j'ai de la difficulté à respirer. C'est peut-être à cause de la vapeur chaude… Je cligne des yeux – deux fois – pour m'assurer que je ne suis pas victime d'une hallucination.

— Salut, Tommy ! Hé, t'as une belle voix, dis donc !

Clara me parle comme si c'était la chose la plus naturelle du monde qu'on se rencontre ici, elle et moi. À présent, je sais que c'est elle, mais je ne comprends toujours pas ce qu'elle fait ici, dans le sauna, à moitié nue. À vrai dire, je pense qu'elle porte un bikini à motif léopard, mais pour être honnête, j'ai trop peur de vérifier. Je ne veux pas qu'elle pense que je la reluque.

— Qu'est-ce que tu fais ici?

Bon, d'accord, je reconnais que ça n'a rien d'original, mais la question m'est sortie toute seule de la bouche. Et puis, je suis curieux. C'est la première fois que je la vois dans l'immeuble.

— Mes grands-parents habitent au sixième, explique-t-elle.

Quand Clara sourit, je remarque à quel point ses dents sont blanches.

— J'essaie de venir au sauna chaque fois que je leur rends visite. Les bains de vapeur, c'est bon pour les pores, ajoute-t-elle en pivotant la tête pour me montrer les deux côtés de son visage.

Si vous voulez mon avis, ses pores semblent super.

— Moi, c'est plutôt étudier l'histoire du Canada qui me fait suer.

Clara glousse légèrement et, pendant une seconde, je me sens comme si j'étais le gars le plus charmant et le plus comique de tout Montréal. Clara Labelle, la plus belle fille de quatrième secondaire du collège Hilltop, me trouve drôle. Je rentre mon ventre et redresse mes épaules, en espérant que ça impressionnera Clara. Je regrette subitement de ne pas avoir travaillé plus fort pendant les cours d'éducation physique.

Mon cœur se met à palpiter quand Clara tapote l'espace à côté d'elle sur le banc. Puis, je me reprends en me disant que c'est justement le moment parfait pour mettre à profit mes talents de joueur de poker. Pas question de lui laisser voir tout l'effet qu'elle me fait. Ça lui donnerait un trop grand avantage sur moi. Je m'avance donc droit vers elle et vais m'asseoir en plein à l'endroit qu'elle me désigne. On est tellement proches l'un de l'autre que nos genoux se touchent. Clara pourrait se déplacer, mais elle ne le fait pas. C'est bon signe.

— Alors, est-ce que t'habites ici ou est-ce que tu visites tes grands-parents, *toi aussi* ?

— J'habite au douzième.

— Dans l'appartement terrasse ?

Je crois qu'elle est impressionnée. À mon tour, je lui demande :

— Qu'est-ce que t'as fait de bon en fin de semaine ?

Ce que je veux réellement savoir, c'est si elle a un chum.

— Oh, pas grand-chose, dit-elle. J'ai étudié.

— Ah ! tiens, faudrait que j'essaie ça, un jour !

Clara éclate de rire. Je sens que je me détends un peu plus. Dans un grand bruissement, un jet de vapeur s'élève vers le plafond.

— Et je suis sortie, ajoute-t-elle en souriant. Avec mes copines.

Ce que je dis ensuite sort de ma bouche avec tellement d'aisance et d'assurance que ça m'impressionne moi-même.

— Ça te dirait de sortir avec moi la fin de semaine prochaine ?

Clara repousse une mèche de cheveux blonds de son visage et répond :

— OK. Pourquoi pas ?

Quand je me rends compte que je souris comme un malade, je me ressaisis aussitôt. Par chance, Clara n'a rien remarqué. Il faut que j'aie l'air du gars qui est habitué à voir les superbelles filles accepter de sortir avec lui.

— Pourquoi pas ? dis-je en répétant les paroles de Clara.

Dans ma tête, la question que je me pose, c'est : « Pourquoi ? »

Clara Labelle vient d'accepter de sortir avec moi. Une chance que je suis assis parce que je sens mes genoux qui commencent à trembler. C'est peut-être à cause de la chaleur. C'est peut-être parce que je me sens un peu fatigué. C'est simple : les cinq minutes passées à distraire Clara m'ont carrément siphonné toute mon énergie.

Évidemment, je dois maintenant m'occuper d'une chose bien plus importante qu'un examen d'histoire. Comment est-ce que je vais réussir à impressionner une fille comme Clara Labelle ?

CHAPITRE 5

Mme Dumont, la professeure du laboratoire d'informatique, est debout devant la classe et nous parle des feuilles de calcul. Elle porte sa mini-jupe rouge rubis, ce qui explique pourquoi les gars dans le cours sont plus concentrés que d'habitude. Aucun ne fait circuler de messages, aucun n'a le nez à la fenêtre pour contempler le terrain de sport de l'autre côté de la rue.

Je suis assis à ma place habituelle, au fond du labo. J'ai donc une vue imprenable sur la scène qui se déroule à l'avant. Assis au premier rang, Laurent Johnson s'étire le bras à la manière d'un joueur de baseball et attend que Mme Dumont lui tourne le dos pour lancer sa gomme à effacer par terre.

— Oups…, fait Laurent.

Sa gomme a atterri à un centimètre des pieds de la professeure. Les élèves rient tout bas. On connaît tous la suite.

Elle se penche pour ramasser la gomme. Laurent n'aurait pas pu réussir un meilleur lancer. Avec sa jupe ultraserrée, elle doit obliquer légèrement de côté pour atteindre la gomme. Ce qui permet à toute la classe de voir le haut de son tanga. Fuchsia, aujourd'hui. La plupart des gars ont la langue sortie. On dirait des chiens devant une boucherie. Les filles échangent des regards entre elles et roulent de gros yeux : elles trouvent que Mme Dumont manque vraiment de classe.

— Je crois que ceci t'appartient, Laurent.

Elle lui remet sa gomme avec un sourire. Je remarque que les doigts de Laurent tremblent.

On ne s'ennuie jamais au collège Hilltop.

— Aujourd'hui, nous allons utiliser les feuilles de calcul dans un cas pratique. Je veux que vous me fassiez le graphique d'une hypothèque. Disons, par exemple, qu'une maison coûte cent cinquante mille dollars.

Mme Dumont se dirige vers le tableau. Le haut de son tanga est de nouveau caché sous sa jupe, mais le simple fait de savoir qu'il est là stimule légèrement mon intérêt pour le cours d'informatique.

— Avec cent cinquante mille dollars, on achète une cabane, pas une maison, émet Neil Rutters.

Neil vit dans un manoir à Westmount, de l'autre côté de la montagne. Sa maison doit valoir au moins quelques millions. D'autres ricanements se font entendre, mais Mme Dumont reste imperturbable.

— En tenant compte que notre acheteur verse un acompte de vingt pour cent, ce qui est plutôt la norme, j'aimerais que vous calculiez les versements d'une hypothèque de cinq ans à un taux de 4,8 pour cent. Puis, je veux que vous fassiez les mêmes calculs avec un taux de 4,4 pour cent. C'est parti, jeunes gens ! En passant, vous pouvez travailler en équipe de deux.

— Qui a besoin d'une hypothèque pour acheter une maison ? ironise encore Neil.

Mme Dumont lève les yeux de son cahier de présence.

— Quand vient le temps d'acheter une maison, la plupart des gens ont besoin d'un prêt hypothécaire, dit-elle d'une voix un peu tendue. D'ailleurs, pour bien des gens, la maison représente le plus gros investissement personnel de leur vie.

— Dans mon entourage, les gens paient leur maison en argent comptant, explique Neil.

— Ou la reçoivent en héritage, ajoute Clara en balayant une grosse mèche de cheveux de ses yeux.

— Je vous parle du vrai monde, rappelle Mme Dumont, pas seulement de celui du collège Hilltop.

Puis, elle ouvre un autre cahier, ce qui signifie que la conversation est terminée et qu'on doit se mettre au travail.

Louis est installé à l'ordinateur voisin du mien.

— Elle a dit cent cinquante mille dollars, c'est ça ? demande-t-il.

— Ouaip. Mais l'acheteur donne vingt pour cent.

— C'est-à-dire trente mille dollars. Il reste donc une hypothèque de cent vingt mille dollars...

Louis tape quelque chose au clavier.

J'allume mon ordinateur. Mme Dumont est encore assise à son bureau, occupée à prendre des notes dans son cahier de présence. Dans quelques minutes, elle commencera à circuler parmi nous et à nous aider, mais il lui faudra un petit bout de temps avant d'atteindre notre coin du labo.

— Un taux de 4,8 pour cent...

Louis a déjà une feuille de calcul à l'écran et il se parle à voix haute tout en tapant sur le clavier.

Ça ne me sert à rien de rester assis à l'écouter. Il travaille avec tant d'ardeur sur notre devoir que je décide d'aller faire un tour sur un de mes sites préférés : mainchanceuse.com.

— Lou, regarde-moi ça un peu, dis-je à voix basse.

Louis se tourne pour voir l'écran de mon ordinateur. J'ai coupé le son, mais les images à elles seules valent le coup d'œil. Un jeu de cartes dorées géantes montrant une quinte royale, placée en éventail. Une pile de jetons de poker scintillants. Une roulette qui tourne. Des femmes supersexy aux robes très décolletées. Avec un peu d'imagination, on se croirait à Las Vegas plutôt que dans le labo d'informatique.

Louis me serre l'épaule.

— T'es pas censé m'aider, toi ?

— Je t'aide, mon vieux, je t'aide. Je veux perfectionner mon jeu au Texas Hold 'em.

— D'après toi, c'est une bonne idée de faire ça ici, maintenant ?

— Veux-tu passer le reste de ton secondaire à tondre des pelouses pour gagner de l'argent ?

— Tu ferais mieux d'éteindre ça avant que la prof arrive ici, dit Louis en se retournant vers son écran.

Un compteur vient d'apparaître sur le site que je consulte.

— Sais-tu combien de personnes sont en ligne en ce moment sur ce site ? Quatre mille neuf cent trente-quatre !

— Tant que ça ?

Louis aime les chiffres presque autant qu'il aime les friandises.

— Et je parie que la moitié d'entre eux sont des élèves qui s'ennuient.

— Allez, Tommy, lâche ça et viens m'aider à faire les calculs pour l'hypothèque, OK ?

J'écoute Louis d'une oreille seulement. Jusqu'à maintenant, je n'ai joué qu'avec de l'argent virtuel. Mais quelque chose me dit que je serai bientôt prêt pour les vraies affaires. Surtout quand je vois à quel point ça va bien pour moi ces derniers temps.

Parlant de ça, je jette un coup d'œil à Clara Labelle. J'espère qu'elle va s'en rendre compte, mais non, elle est penchée sur son ordinateur, complètement absorbée par sa feuille de calcul. Elle porte le même uniforme que les autres filles – veston gris, chemisier blanc et jupe marine –, mais elle a un petit je-ne-sais-quoi qui lui donne beaucoup de classe. C'est peut-être à cause de ses cheveux aux reflets blond clair, parfaitement coiffés? Elle a posé son sac à main sur la chaise à côté d'elle. C'est un Louis Vuitton : je reconnais les *L* et les *V* entrelacés. Connaissant Clara, il ne s'agit sûrement pas d'une banale imitation sortie tout droit de Canal Street, dans Manhattan.

Clara Labelle, c'est le *top* du *top*. J'ai vraiment gagné le gros lot quand je suis tombé sur elle dans le sauna.

Je tape mon nom de joueur : Bigbidou.

Une fenêtre apparaît pour me demander si je suis prêt à jouer avec de l'argent véritable.

Je jette un autre coup d'œil à Clara.

Oh que oui !

— Éteins ça, me souffle Louis, la prof s'en vient par ici.

— Tout va bien, messieurs? demande-t-elle peu après.

Je suis debout derrière Louis et je scrute son écran.

— Cet exercice nous montre vraiment à quel point c'est important de magasiner le meilleur taux hypothécaire possible. Non mais, voyez les économies qu'on réalise, dis-je en désignant l'écran.

Mme Dumont me sourit. C'est alors que je remarque les petites taches de rouge à lèvres sur ses dents. Quand elle se dirige vers l'équipe voisine, je lui dis :

— Vous semblez en pleine forme aujourd'hui, madame !

CHAPITRE 6

Olivia est toujours en congé le lundi. On a donc l'habitude de commander quelque chose pour le souper ce jour-là. Ma mère a parlé de sushis ce matin.

Quand j'arrive de l'école, je suis trop fatigué pour faire autre chose que regarder la télé. On a un de ces nouveaux frigos en acier inoxydable avec une télé à écran plat sur le devant. Ça veut dire qu'on peut écouter la télé et manger en même temps : justement, deux de mes spécialités. J'attrape des cubes de fromage et de la salsa, et je me mets à zapper d'une chaîne à l'autre.

Notre cuisine me fait penser à une salle d'opération. Probablement à cause des électros en inox et du carrelage gris et blanc qui recouvre le sol et les murs. Ma mère trouve que c'est ultra-moderne. Pourtant, on ne peut pas dire qu'elle passe beaucoup de temps dans la cuisine : elle y vient seulement pour ouvrir les sacs de livraison des repas qu'on commande du resto.

Quand la sonnerie du téléphone retentit, je ne me donne même pas la peine de répondre. Peu importe qui c'est, la personne n'a qu'à laisser un message. D'ailleurs, je commence juste à prendre goût aux jeux télévisés d'après-midi. Mais quand le téléphone sonne de nouveau, je me dis que je ferais peut-être mieux de répondre.

— Tommy ?

C'est mon père. Il n'a prononcé que mon prénom, mais c'est assez pour que je devine qu'il est tendu. J'entends l'imprimante en bruit de fond, et des éclats de voix.

— Je suis désolé, mon gars, mais ta mère et moi, on va devoir travailler tard ce soir encore. On ne sera pas rentrés pour le souper.

J'étire les jambes en me disant qu'il y a des choses bien pires qu'une soirée seul au condo.

— Pas de problème, j'vais trouver à manger dans le frigo.

— Non, réplique mon père, tu devrais commander des sushis. Comme on avait prévu. En fait, commandes-en assez pour que ta mère et moi on puisse manger aussi à notre retour.

Bonne idée. Je suis sur le point de raccrocher quand je me demande tout à coup comment je vais payer la commande. J'ai seulement vingt dollars sur moi et les sushis risquent de coûter plus cher. Surtout que j'ai l'intention de les commander chez *Chic Sushis*, le nouveau bar à sushis de l'avenue du Parc dont tout le monde parle.

L'air de rien, je demande :

— Comment je fais pour l'argent ?

— Prends ma carte de crédit, répond mon père.

C'est la première fois qu'il m'autorise à utiliser sa carte.

— Tu vas me donner le numéro au téléphone ?

Je saute en bas du tabouret sur lequel j'étais assis et me dirige vers l'évier. Il y a des crayons et du papier dans le tiroir du haut, juste à côté.

Mon père est silencieux pendant un instant. J'imagine qu'il ne veut pas me donner le numéro de sa carte de crédit à cause des gens qui sont dans son bureau. La confiance, c'est pas son fort.

— Regarde dans le tiroir du bas de ma table de chevet, dit-il enfin. Il y a une carte supplémentaire... sous mon carnet d'adresses. Prends-la. Assure-toi simplement de la remettre à sa place dès que tu en auras terminé.

On doit répondre à une tonne de questions sur les sites de poker en ligne avant de pouvoir jouer. Nom, adresse courriel, préférences pour le paiement des gains (crédités à notre compte ou postés chez nous), adresse postale, etc. Mais il n'y a aucune question sur l'âge. Ils doivent se dire que si on a l'âge d'avoir une carte de crédit, on a l'âge de jouer à l'argent. Ce qui fait bien mon affaire.

La mise minimale est fixée à dix dollars américains. J'inscris cinquante. Je me dis que, de toute façon, mon père ne verra jamais le relevé Visa. Il a sûrement un employé à son bureau pour s'occuper de ce genre de choses, probablement la même personne qui fixe l'heure de ses massages et qui ramasse ses vêtements chez le nettoyeur.

Le numéro de la carte de crédit n'aurait pas suffi. Le site Internet exige aussi la date d'expiration et le code à trois chiffres imprimé au dos de la carte.

Je vais chercher mon sac à dos dans l'entrée et j'en sors le cahier à reliure spirale que j'utilise pour le cours de français. Je l'ouvre à une page vierge et je copie le numéro de la carte de crédit, la date d'expiration et le code. Juste au cas où j'en aurais besoin un de ces jours.

Quand je suis à nouveau connecté, je retrouve la quinte royale habituelle, la roulette et les filles légèrement vêtues. Seulement, cette fois, je jurerais qu'elles me sourient. L'une d'elles a les cheveux de la même couleur que ceux de Clara Labelle.

Il y a pas mal plus de gens en ligne maintenant qu'il y en avait ce matin quand je me suis branché, à l'école. Selon le compteur, on est plus de dix mille. Assez impressionnant, surtout si on considère qu'il y a des centaines de sites de ce genre. On dirait parfois que le monde entier est en train de jouer au Texas Hold 'em.

Il faut choisir une table parmi une longue liste. À certaines tables, les mises de départ sont fixées à vingt-cinq ou cinquante cents ; d'autres vont jusqu'à quelques milliers de dollars. Sur ce site, chaque table porte le nom d'une ville : Turin, Amsterdam, Tokyo, Montréal et autres. À la table Montréal, les mises vont de vingt-cinq à cinquante cents. Comme c'est ma ville, je la choisis.

Le graphisme est génial. Mon écran d'ordinateur vient de se transformer en casino. Je suis devant une table de poker en bois recouverte de feutre vert, aussi vert que la pelouse d'un terrain de baseball.

Un clic de souris et je suis dans la partie. Mon nom d'usager (Bigbidou) flotte au-dessus de mon avatar. À l'écran, je suis un jeune homme musclé vêtu d'une camisole blanche. L'image a été générée de façon aléatoire, mais elle me plaît. Je jette un coup d'œil à mes propres biceps et je me rappelle mentalement de travailler un peu plus fort au prochain cours d'éduc.

Trois autres personnes sont déjà en train de jouer.

Ça va vite, le poker en ligne. Probablement parce qu'il y a moins de bluff que dans une vraie partie. Toute l'attention est sur les cartes : ce qu'on peut faire avec les nôtres et ce que les autres joueurs peuvent avoir dans leur main. Je reçois un dix et un deux de la même couleur : carreau. Je sens une poussée d'adrénaline monter en moi.

Texas Dolly – le plus grand joueur de poker que la terre ait jamais porté – a gagné le championnat du monde avec un dix et un deux. Je relance la mise. Le flop révèle deux autres cartes de carreau. L'une d'elles est un as.

Un autre joueur nommé Divine Diva se couche. Quelle est la probabilité que l'un de mes adversaires ait un as ?

Je suis en train d'effectuer quelques calculs rapides quand le joueur à ma gauche (Cowboy Junkie) se couche aussi.

Quelques secondes plus tard, je remporte la partie. J'ai gagné cinq dollars. Mais ce n'est pas l'argent qui m'excite autant. C'est ce qu'il signifie. Et aussi ce que signifie le fait que Clara Labelle accepte de sortir avec moi. L'affaire, c'est que je commence à m'habituer à gagner.

Il est passé neuf heures du soir quand je me déconnecte du site. J'ai gagné un beau petit cinquante dollars qui devrait m'être posté dès demain matin, selon le site. Ça, c'est cent fois mieux que de tondre des pelouses.

Mon estomac gargouille. Je me lève d'un bond et je saute sur le téléphone. Merde !... J'ai failli oublier de commander les sushis.

CHAPITRE 7

Il est onze heures et demie, mais je suis trop excité pour arriver à dormir.

Chaque fois que je ferme les yeux, je vois des cartes. Des as, des deux, des trois. Un valet de pique. J'ai dû passer trop de temps sur l'ordi...

Mes parents ne sont toujours pas rentrés. Ils doivent être en train d'essayer de conclure une affaire importante. Ils auraient dû m'appeler, au moins pour m'avertir qu'ils rentreraient aussi tard. Mon corps est fatigué, mais mon esprit est comme une auto lancée à toute allure. Je continue à voir des mains de poker, Clara Labelle dans son bikini à motif léopard ou encore – tenez-vous bien – Louis Riel.

Comme ça ne me sert absolument à rien de rester dans mon lit, je me lève et vais me promener dans le condo. La collection de masques africains de mes parents projette de longues ombres sur les murs du salon. En passant devant un masque particulièrement laid, je lui lance :

— Qu'est-ce que t'as à me regarder comme ça, toi?

Je traverse le salon et me dirige vers la chambre de M. Merveilleux, à l'autre bout du condo. Je n'y suis pas allé une seule fois depuis qu'il est parti étudier à Cambridge. Non pas que j'y venais souvent avant, quand il vivait ici... À part les mêmes parents, lui et moi, on n'a vraiment rien en commun.

La première chose que je remarque en ouvrant la porte, c'est l'odeur de poli à meubles. Même si personne n'occupe la chambre en ce moment, Olivia y fait quand même le ménage chaque semaine. Je crois qu'elle s'ennuie de Marc-Olivier. Elle suit des cours de français le soir et il avait l'habitude de l'aider dans ses devoirs.

Je m'arrête devant l'étagère près de la porte. Il y a là toute une tablette de livres d'informatique : Windows XP, Visual C++. Je lève les yeux vers la tablette du haut. C'est là que Marc-Olivier range ses trophées : prix du Lieutenant-gouverneur en mathématique, prix Science de l'informatique à Hilltop, Grand Prix en robotique. Les trophées brillent à la lueur du clair de lune.

On a beau vivre sous le même toit depuis près de quinze ans, je me sens comme si j'étais dans la chambre d'un étranger. Je regarde autour de moi à la recherche d'indices qui pourraient m'aider à mieux connaître mon frère. Pendant une seconde, c'est vrai, je me sens presque intéressé.

Marc-Olivier et moi, on ne pourrait pas être plus différents qu'on l'est. Prenez son bureau, par exemple. Tout est à sa place. Les crayons – aiguisés, bien sûr – sont rangés dans le pot à crayons. Des blocs-notes sont empilés en pyramide, du plus grand au plus petit.

Il y a un tel fouillis sur mon bureau qu'on ne voit même pas qu'il est en bois.

Je décide d'ouvrir le tiroir du haut. Le boîtier en métal d'un ensemble de géométrie produit un cliquetis en glissant vers l'avant du tiroir. Il n'y a rien d'intéressant ici à part une pile de bulletins scolaires retenus ensemble par un élastique. Marc-Olivier les a classés, eux aussi, en plaçant les plus récents sur le dessus. Inutile de les examiner. Qui a envie de voir une rangée de *A* bien alignés et de lire les commentaires élogieux qui les accompagnent?

« C'est un plaisir d'enseigner à Marc-Olivier. » « Si seulement j'avais davantage d'élèves comme Marc-Olivier. » « Nous avons la certitude que

Marc-Olivier est promis à un avenir brillant. »
« J'ai bien hâte d'enseigner au jeune frère de Marc-
Olivier l'an prochain. » Voilà une expérience qui,
bien sûr, s'avérera décevante. Pas facile d'être
le frère de Marc-Olivier. Je me demande parfois
ce que je serais devenu si ça avait été moi l'aîné.

Je m'apprête à refermer le tiroir quand
j'aperçois au fond une carte laminée qui semble
coincée. Je la dégage. C'est le permis de conduire
de Marc-Olivier. Il s'est sûrement dit qu'il n'en
aurait pas besoin au MIT. De toute façon, il ne va
jamais ailleurs qu'à la bibliothèque.

Ça me donne une idée. Je sais comment me
servir du permis de Marc-Olivier pendant qu'il
n'est pas là. J'ai déjà une fausse carte d'identité
qu'un gars de l'école m'a fabriquée l'an dernier, mais
le problème, c'est qu'elle a l'air fausse. J'examine la
photo de Marc-Olivier sur le permis. On a peut-
être des personnalités complètement différentes,
mais on a tout de même un air de famille. Les
mêmes cheveux noirs bouclés, les mêmes yeux
sombres et les mêmes longs cils : d'après tout le
monde, du vrai gaspillage chez un garçon.

En faisant glisser mes doigts sur la surface
plastifiée du permis, une autre idée me vient à

l'esprit. J'avais l'intention d'offrir un bouquet de fleurs à Clara samedi soir, mais j'ai maintenant une idée pas mal plus originale. Quelque chose qu'elle va vraiment apprécier.

III

Mon corps ne montre plus le moindre signe de fatigue à présent. Au contraire, je me sens très éveillé, plein d'énergie et prêt à passer à l'action. Je suis de retour dans ma chambre, assis devant l'ordinateur. Mais cette fois, je ne vais pas jouer en ligne. J'ai poussé mon fouillis à l'autre bout du bureau. J'ai besoin d'espace pour travailler.

Je viens de numériser la photo de Clara tirée du bottin annuel de l'école. Maudit que cette fille est belle ! Auparavant, j'ai numérisé le permis de conduire de Marc-Olivier. Maintenant, je veux transférer les renseignements dont j'ai besoin dans un nouveau document. Pendant un instant, je ne peux m'empêcher de me demander pourquoi je ne suis jamais aussi motivé quand il s'agit de l'école.

Merde ! Ça ne marche pas ! Quand je sélectionne la photo de Clara et que je la glisse sur le permis de Marc-Olivier, elle disparaît. Il ne me reste que Marc-Olivier... qui me fixe comme s'il savait que je prépare un mauvais coup.

Je refais l'opération deux fois, puis trois, même si, rendu là, je sais d'avance que ça ne fonctionnera pas. Je sens que je suis en sueur. Je marmonne entre mes dents : «Maudit ordi!»

Mais en réalité, ce n'est pas l'ordinateur qui m'embête. C'est moi. Pourquoi je n'arrive pas à faire ce que je veux faire?

Mon regard balaie le haut de l'écran et tombe sur le mot «insertion». Ça me revient à présent. C'est une fonction que Mme Dumont nous a enseignée au labo d'informatique. Je clique sur «insérer», puis je choisis «image», «à partir d'un fichier» et enfin «masquer le texte». Ça y est. La photo de Clara est là. En la voyant apparaître, j'ai presque envie de l'embrasser.

Bon, au moins, maintenant, tout se passe comme prévu. Je tape le nom de Clara. Je dois ensuite inscrire sa date de naissance. Le jour et le mois importent peu : je choisis le 2 octobre, soit le deuxième jour du dixième mois. Deux, dix : comme la main gagnante de Texas Dolly. L'important, c'est l'année. J'inscris 1993, ce qui donne à Clara 18 ans... l'âge légal au Québec.

Je me renverse sur ma chaise et examine la photo de Clara à l'écran. Je ferais mieux de couper l'image, afin d'ôter le chemisier blanc de l'uniforme de l'école.

J'insère dans l'imprimante une cartouche d'encre ultrarésistante, conçue spécialement pour le genre de travail que je veux faire. Je remplace ensuite le papier ordinaire par un papier de qualité photo. L'imprimante produit un doux vrombissement lorsque je la mets en marche.

Le permis de conduire de Clara sort de l'imprimante. «Beau travail, Tommy.» À l'aide d'un exacto, j'en taille les bords en me guidant sur le permis de Marc-Olivier pour que celui de Clara soit du bon format.

Je ne peux rien faire de plus ce soir. Je glisse mon «œuvre» dans mon cahier à reliure spirale. C'est sûr que je vais être trop fatigué pour me présenter à la période des présences demain matin. À mon réveil, j'irai plutôt faire un saut au centre de photocopies où travaille Phil, le cousin de Louis. J'ai un petit travail de laminage bien spécial à lui confier. Une commande urgente.

C'est à ce moment que j'entends la porte s'ouvrir.

— Tommy ? Qu'est-ce que tu fais debout à cette heure, mon chéri ? demande ma mère depuis l'entrée.

— Je finissais un travail d'informatique pour l'école.

Après qu'elle est venue m'embrasser et me souhaiter bonne nuit, je l'entends prendre des assiettes dans la cuisine et dire à mon père :

— Tu sais, je crois que Tommy sera peut-être aussi doué que son frère en informatique.

Ouais, c'est ça maman, tu peux toujours rêver.

CHAPITRE 8

— Comme ça, c'est toi, Tommy Leclerc.

Le père de Clara Labelle me serre vigoureusement la main. Le bonhomme est aussi grand et fort qu'un ours.

Même s'il ne m'invite pas à entrer, j'ai une bonne vue du rez-de-chaussée depuis le vestibule où je me trouve. Un lustre immense est suspendu dans le hall. La moquette bleue bien épaisse qui recouvre le plancher mène jusqu'à un escalier central en colimaçon.

— Ravie de te rencontrer, Tommy.

J'ai failli rater la mère de Clara. Elle se tient derrière son mari, mais comme elle ne fait environ que le quart de sa taille, elle passe facilement inaperçue. Clara a le même teint que sa mère : la même peau claire et la même chevelure blonde balayée de mèches plus pâles.

Après avoir serré la patte d'ours de M. Labelle, je me retiens de secouer vivement ma main. Je la replonge plutôt dans ma poche, puis j'étire mes doigts un par un, histoire de les aider à revenir à la vie.

— Je viens chercher Clara.

J'essaie de donner l'impression que j'ai l'habitude de sortir avec des superbelles filles.

— Alors, où irez-vous ce soir, tous les deux ? demande M. Labelle.

Il me toise avec l'air de dire « Ne t'avise surtout pas de faire l'imbécile avec ma fille ! »

Je croise son regard et j'en profite pour lui servir mon meilleur sourire timide, celui où je relève à peine le coin des lèvres. Je veux qu'il pense que je n'ai rien à cacher, mais aussi que je suis un peu intimidé par lui. J'imagine que c'est à ça qu'il s'attend. En prenant bien soin de ne pas avoir l'air trop confiant, je dis :

— Eh bien, j'ai pensé qu'on pourrait aller voir le dernier *Batman* au centre-ville. On ira peut-être se promener après.

Sur ces paroles, Clara dévale l'escalier. Elle porte une jupe bleue chinée et un tee-shirt blanc ajusté. Je m'efforce de ne pas trop m'attarder sur la façon dont il moule ses seins. Des boucles à diamants font briller ses lobes d'oreilles. Elle porte le bracelet assorti. Ma princesse a décidément de la classe.

— Je vois que vous avez fait connaissance avec Tommy. Bye maman, bye papa, lance-t-elle en agitant la main.

De toute évidence, elle ne veut pas que je traîne trop longtemps avec ses vieux.

M. Labelle se place en travers de la porte pour nous barrer le passage.

— C'est bien un taxi qui vous attend devant, jeune homme ? demande-t-il en désignant la rue des yeux.

— Oui, monsieur. Je voulais sortir votre fille avec toute la classe qui lui convient.

— Arrange-toi pour me la ramener à la maison avec autant de classe, d'accord ?

Puis, il me donne une autre vigoureuse poignée de main.

III

— Comme ça, on va voir *Batman*, dit Clara tandis que je lui tiens la porte du taxi.

— Pas du tout.

Je me retourne pour saluer ses parents de la main. Ils sont tous les deux plantés devant la porte d'entrée. Puis je m'engouffre dans le taxi à sa suite et ajoute :

— Ça, c'est ce que j'ai dit à ton père.

Clara pousse un gloussement. Elle est peut-être une élève modèle, mais à voir comment elle rit, je devine qu'elle aime autant que n'importe qui l'idée de berner ses parents.

— Alors, où est-ce que tu m'emmènes exactement, si je peux me permettre ? me demande-t-elle avec un sourire.

Le chauffeur de taxi se retourne : lui aussi veut savoir où on va.

— Au casino, leur dis-je à tous les deux.

Le taxi démarre en trombe.

— On ne pourra jamais entrer au casino, murmure Clara. On n'a pas l'âge.

— Qu'est-ce que tu racontes ? Tu viens d'avoir dix-huit ans.

Clara fronce les sourcils. Je plonge aussitôt la main dans ma poche arrière et lui remets la fausse carte d'identité que je lui ai fabriquée. Clara émet un sifflement d'admiration en l'apercevant.

— Où as-tu trouvé ça ?

— Je l'ai faite pour toi. Pour qu'on puisse entrer au casino… et dans d'autres endroits cool.

Clara écarquille les yeux.

— Je ne suis jamais allée au casino.

Je ne lui avoue pas que, pour moi aussi, ce sera la première fois.

Le casino de Montréal se trouve sur l'île Notre-Dame, à cinq minutes en voiture du centre-ville. Le chauffeur de taxi s'éponge le front en empruntant la sortie qui y mène. Une longue file de voitures s'étire devant nous et les stationnements extérieurs sont déjà complets.

— On dirait que c'est l'endroit où tout le monde veut aller un samedi soir, lui dis-je.

— Tu veux rire ? répond le chauffeur en croisant mon regard dans le rétroviseur. C'est l'endroit où tout le monde veut aller vingt-quatre heures par jour... sept jours par semaine.

III

— Montre-lui la carte et reste détendue, tout simplement. Joue avec une mèche de cheveux, par exemple, dis-je à Clara une fois qu'on est sortis du taxi.

Elle agite sa chevelure et me lance un sourire d'enfer.

— Comme ça, c'est bon ?

Finalement, on entre comme si de rien n'était. L'entrée grouille de touristes bruyants qui échangent sur les meilleurs endroits à visiter à Montréal. Personne ne nous demande nos cartes d'identité. C'est à peine si un gardien de sécurité à l'air fatigué nous fait un petit oui de la tête.

— Il n'a même pas demandé à la voir, fait Clara, déçue.

Elle glisse la fausse carte dans son sac à main, puis redresse les épaules et relève la tête. Même son cou est excitant.

— Je me sens comme si j'avais dix-huit ans, me confie-t-elle.

— T'as l'air d'avoir dix-huit ans, lui dis-je en jetant un autre coup d'œil furtif à son tee-shirt moulant.

Les machines à sous sont la première chose qu'on voit... et qu'on entend. Même si ça a été facile d'entrer au casino, je sens maintenant une grande excitation envahir mon corps. Voilà que tout d'un coup, on fait partie d'un monde que jusqu'à présent j'avais seulement pu voir depuis mon écran d'ordinateur.

Dans ce secteur du casino, on dirait qu'il n'y a que des vieux qui insèrent des pièces de monnaie dans les machines à sous. J'ai entendu dire que certains d'entre eux jouent tout leur chèque de pension, puis mangent du macaroni et des fèves au lard en conserve jusqu'au prochain mois.

Clara et moi, on s'apprête à prendre l'escalier roulant lorsqu'on entend le ding, ding, ding! déchaîné d'une machine qui vient de faire un gagnant. On se retourne pour voir d'où vient le bruit. Une dame aux cheveux blancs tirant sur le bleu est accroupie devant une machine et tente d'attraper toutes les pièces de monnaie avec son pot en plastique. Autour d'elle, les autres vieux se mettent à tirer plus vite sur le bras de leur machine dans l'espoir d'avoir autant de chance que leur voisine.

— Les tables de black jack sont en haut, dis-je à Clara en l'entraînant dans l'escalier.

Je n'ai jamais mis les pieds ici, mais j'ai étudié le plan de l'endroit sur le site Internet du casino.

Clara examine les lieux. Je vois ses yeux clairs passer de la file de personnes qui patientent devant le guichet du caissier à l'enseigne au néon rouge de l'autre côté du bar, annonçant le fameux «smoked meat de Montréal», puis aux panneaux dorés ornant le plafond. Il y a des gens partout, certains portent leur toilette chic, d'autres, un jean et un tee-shirt débraillé.

Une serveuse qui pousse un chariot chromé nous apostrophe du haut de l'escalier roulant :

— Aimeriez-vous un Coke ou un café ? C'est gratuit.

Je glisse à l'oreille de Clara :

— Des clients bourrés de caféine, ça doit être bon pour les affaires.

Elle rit et, une fois encore, j'ai le sentiment d'être le gars le plus comique de la terre. Une autre chose que je remarque, c'est qu'il n'y a pratiquement aucune fenêtre au casino... et pas une seule horloge. Tout est conçu pour que les gens oublient l'heure et le monde extérieur.

Je guide Clara vers les tables de black jack, au troisième étage. Plusieurs personnes se pressent autour des tables. Certaines jouent, d'autres attendent qu'une place se libère, et d'autres encore se contentent d'observer. Clara et moi, on joue du coude pour se faufiler parmi la foule compacte. Une odeur de renfermé flotte dans l'air, comme un mélange de café et de sueur.

— On regarde un peu ?

Clara approuve d'un hochement de tête.

On réussit à se caser dans un coin, derrière une Asiatique qui a probablement la trentaine.

Elle tend cinq billets de cent dollars au croupier en échange de cinq jetons noirs qu'elle empile ensuite devant elle sur la table.

J'essaie d'imaginer à quoi ressemble sa vie. D'où sort tout cet argent? Est-ce qu'elle travaille dans un bureau? Peut-être qu'elle a un commerce? Ou alors elle vient d'une riche famille de Hong Kong, comme Rick?

Le croupier – un gars à l'allure sérieuse vêtu d'une chemise d'un blanc éclatant ornée d'un nœud papillon noir – distribue deux cartes à chaque joueur ainsi qu'à lui-même. Il ne dévoile qu'une de ses cartes: une dame, ce qui est un bon début. Clara et moi jetons un coup d'œil aux cartes de la femme asiatique. Elle a un roi et un trois.

Sans lever les yeux vers le croupier, la femme gratte la table d'une main: c'est signe qu'elle veut qu'il lui donne une autre carte. Si elle est nerveuse, ça ne paraît pas. Contrairement à elle, son voisin tambourine comme si la table était un tam-tam.

La femme reçoit un valet. Sa main dépasse vingt et un, elle «saute» et n'est donc plus dans la partie. Clara pousse un soupir. L'homme qui tambourine est toujours dans la partie et il s'agite deux fois plus à présent. La femme quitte son siège, balance son sac à main par-dessus son épaule, et file droit vers un des guichets automatiques alignés le long du mur.

Le croupier aussi dépasse vingt et un. Tous les joueurs qui ont moins de vingt et un gagnent, y compris le tambourineur. Le croupier double leurs jetons. Un surveillant du casino qui passe dans le coin s'arrête pour observer la scène. Le croupier fait comme s'il n'était pas là.

Il met les cartes dans le mélangeur automatique qui ronronne doucement. Clara et moi, on continue à observer. J'essaie de suivre les cartes au fur et à mesure qu'elles apparaissent. Un seul as jusqu'ici, ce qui veut dire qu'il devrait y en avoir d'autres bientôt.

Le croupier croise mon regard. Quand le tambourineur quitte la table, je donne un coup de coude à Clara.

— Vas-y, lui dis-je en sortant de ma poche la liasse de billets que j'ai apportée pour l'impressionner. T'es prête à jouer?

Clara rit en me voyant tendre un billet de cent dollars au croupier. Je lui dis :

— Je vais prendre vingt jetons à cinq dollars.

— Es-tu sûr que tu peux te permettre de perdre tout ça ? me demande Clara à voix basse, afin que personne ne l'entende.

— Aucun problème.

Je lui donne dix jetons rouges, puis je pose les dix autres jetons derrière les siens et lui explique :

— Je mise derrière toi.

Clara a une dame et un six. Le croupier retourne un valet. Je lui chuchote :

— Hum, c'est une mauvaise main… Pas facile de décider quoi faire.

— Je devrais peut-être arrêter, avance Clara en me fixant.

— Il y a toujours la possibilité que tu reçoives une carte basse, mais je dirais que tes chances sont plutôt minces.

Clara couvre sa bouche de sa main, mais à en voir les coins retrousser, je devine qu'elle sourit. Elle lève les yeux vers le croupier.

— Carte, dit-elle.

En voyant qu'elle a un cinq, Clara renverse la tête et éclate d'un grand rire. Le croupier retourne un huit.

— Vingt et un ! m'écrié-je.

On vient de doubler notre mise.

CHAPITRE 9

Une heure plus tard, Clara et moi, on est assis face à face au *Nuances*, le plus chic restaurant du casino. On aurait pu aller au buffet à volonté, à la rôtisserie italienne ou au comptoir à sandwichs pour un smoked meat, mais rien de tout ça n'aurait été assez bon pour Clara.

Je veux qu'elle sache à quel point je l'apprécie.

Ici, il y a des fenêtres. D'immenses fenêtres qui donnent sur les eaux bleu-gris du fleuve Saint-Laurent. Au loin, on aperçoit la silhouette du centre-ville de Montréal qui se découpe sur le ciel et, derrière, le mont Royal, la montagne qui a donné son nom à la ville.

Au début, Clara a refusé que je lui donne sa part des gains.

— Voici cent dollars pour toi, lui ai-je dit après avoir changé nos jetons contre de l'argent en quittant la table de black jack.

— Pas question ! a répliqué Clara en repoussant

ma main. C'est à toi. Je ne me sentirais pas bien si je le prenais.

À la fin, j'ai réussi à la convaincre de prendre cinquante dollars.

— Comme ça, je récupère l'argent que j'ai misé, et toi, tu empoches le reste.

Au *Nuances*, le serveur porte des gants blancs et il a une serviette en tissu sur le bras, qui pend comme un drapeau miniature.

— Bonsoir madame, bonsoir monsieur.

Il hausse les sourcils en me tendant la carte des vins. J'ai l'impression qu'il a deviné qu'on n'est pas majeurs.

— Prendriez-vous un apéritif? poursuit-il.

Je sens qu'il me dévisage… et qu'il attend de voir comment je vais réagir. Si je me comporte en gars détendu et sûr de lui, il y a de bonnes chances pour qu'il nous laisse tranquilles. Mais le risque est élevé. Qu'est-ce que Clara penserait de moi si on se faisait évincer du restaurant là, maintenant?

Je respire un bon coup en me tournant vers elle.

— Du vin, ça te dirait?

J'essaie d'avoir l'air décontracté, comme si j'avais l'habitude de commander à boire pour les filles dans des restaurants chics.

— Euh, je ne crois pas, non, répond Clara en rosissant.

Par chance, le serveur est tourné vers moi, pas vers elle.

— Peut-être plus tard... avec le repas, lui dis-je.

— Bien sûr, monsieur.

Cette fois, il sourit.

— Mon père va se rendre compte que j'ai bu en sentant mon haleine quand je vais rentrer à la maison, me souffle Clara après le départ du serveur.

— Pas si tu croques deux Tic Tac avant de rentrer.

— Es-tu en train d'essayer de me débaucher?

— Qui? Moi? Jamais de la vie! dis-je en haussant les épaules.

Le serveur revient nous servir de l'eau. L'espace d'une seconde, je le surprends à examiner Clara, à admirer son profil... et son haut blanc très ajusté. J'imagine que servir de belles femmes fait partie des avantages de son travail. D'ailleurs, ça doit être bon pour les affaires d'avoir une superpoupée comme elle dans sa section.

On commande le canard à l'orange. Clara en a déjà mangé. Je ne prends même pas la peine de m'attarder au prix sur le menu. Après tout, je suis un flambeur.

— Alors, Tommy, viens-tu souvent ici ? me demande Clara.

— À ce restaurant, tu veux dire ?

— Non, au casino.

— Je suis venu quelques fois.

Je viens de lui mentir. Je prends ma serviette de table, la déplie, puis la replie en carré.

— Dis-moi la vérité, insiste Clara en pinçant les lèvres comme si elle essayait de ne pas rire.

Quand je regarde Clara dans les yeux, j'ai du mal à lui mentir. Ses yeux sont tellement bleus et tellement, j'sais pas… tellement grands, disons. Ils me font penser à un lac, un jour de canicule.

— OK, dis-je enfin, je l'admets : c'est la première fois que je viens ici. Comment as-tu fait pour deviner ?

Clara pince les lèvres de nouveau. Je sens qu'elle s'amuse bien.

— À cause de ta façon de jouer avec ta serviette de table. Je te sentais nerveux.

Je laisse tomber la serviette sur mes genoux. Encore une fois, les yeux de Clara me font le même effet bizarre. Ils me donnent envie d'être honnête… d'arrêter de jouer un jeu.

— C'est sûrement parce que *tu* me rends nerveux, lui dis-je.

— Vraiment ?

Subitement, sa voix est devenue toute timide.

— Tu serais bonne au poker.

— Je ne suis pas trop mal au black jack, en tout cas.

On éclate de rire tous les deux. Puis, je lui demande :

— Tu veux encore jouer après le souper ?

— Naaan. On devrait plutôt laisser tomber maintenant qu'on a gagné.

Le serveur revient avec le canard. Deux bouffées de vapeur au parfum d'orange s'échappent des plats en argent lorsqu'il en retire les couvercles. J'en profite pour lui dire :

— Nous allons prendre chacun un verre de sauvignon blanc.

C'est le type de vin blanc que mon père préfère.

Quelques minutes plus tard, le serveur revient avec le vin. Il hoche la tête en me tendant mon verre. Je place le verre sous mon nez et le hume, comme j'ai vu mon père le faire.

— Joli bouquet, dis-je.

Clara sourit.

Il y a tellement de couteaux et de fourchettes autour de mon assiette que je ne sais pas lesquels utiliser en premier. Je jette un coup d'œil vers Clara. Quand je la vois saisir les couverts les plus éloignés de l'assiette, je fais pareil.

Tandis qu'on attaque le canard, je lui demande :

— Tu ne trouves pas que jouer aux cartes, ça provoque une vraie montée d'adrénaline ?

— Mmouais... Mmmm ! C'est vraiment bon, ajoute-t-elle en reprenant une bouchée de canard.

— Pour moi, y a rien qui bat ça. À part le ski de descente peut-être... quand tu prends une grosse bosse et que t'as l'impression que tu vas peut-être t'écraser.

Clara hoche la tête. Je devine qu'elle est en train de réfléchir à ce que je viens de dire.

— Tu n'as pas peur de perdre ?

— Naan. D'ailleurs, je suis sur une lancée gagnante, ces temps-ci. Et puis, comme tu l'as dit, le truc, c'est de laisser tomber pendant que tu mènes. Ce qui est pathétique, c'est de voir des gens incapables d'arrêter..., même s'ils perdent.

— Comme la femme qu'on a vue tout à l'heure en bas. Celle qui s'est précipitée au guichet automatique après avoir perdu un gros montant.

— Exactement.

Je prends une autre bouchée de canard. Je ne le dis pas à Clara, mais je trouve que ça goûte le poulet.

— Comprends-moi bien, poursuit Clara, j'adore l'endroit…

Elle désigne le restaurant d'un geste de la main.

— … mais je trouve qu'il y a quelque chose de sinistre dans l'ambiance du casino. Les gens ont l'air tellement… tellement…

Elle cherche le bon mot.

— … tellement désespérés, dit-elle enfin.

Je songe à l'odeur de sueur et aux personnes âgées qui s'acharnaient sur les machines à sous après avoir vu la dame aux cheveux blanc bleuté gagner le gros lot.

— J'comprends ce que tu veux dire, mais y a quand même quelque chose dans le jeu qui me fait sentir vraiment en vie. Bien plus en vie que n'importe quelle autre activité.

— Plus en vie que quand tu manges du canard à l'orange en ma compagnie ?

Je me demande si cette fois encore, je dois lui dire la vérité.

— Tout aussi en vie, lui dis-je, heureux que ma serviette soit toujours sur mes genoux.

Je tourne la tête du côté des tables de black jack pendant qu'on descend vers la sortie, mais Clara me rappelle qu'elle aimerait bien attraper la prochaine séance du film. Comme ça, si ses parents lui demandent comment elle l'a aimé, elle n'aura pas à leur mentir. Je calcule que si on n'attend pas trop le taxi, on pourra être au cinéma à temps pour la séance de neuf heures et demie.

Tandis qu'on poireaute devant le casino, une Audi rouge se gare devant le service de voiturier. Je sais que c'est Rick avant même qu'il ne sorte de la voiture. Thomas l'accompagne.

— Hé ! salut mon vieux ! s'écrie Rick en m'apercevant.

Puis il se tourne vers Clara et lui dit :

— Qu'est-ce que tu fais avec ce *loser* ? lance-t-il en riant de sa mauvaise blague.

— Si je me fie à ce que j'ai vu ce soir, Tommy serait plutôt un *winner*, répond Clara.

Je l'embrasserais sur-le-champ.

Rick se retourne vers moi. Je songe un moment

à lui balancer mon poing dans la figure. Il doit deviner mes pensées, car il me tape sur l'épaule et dit :

— Hé, t'as le sens de l'humour, pas vrai, mon vieux ?

— Bonne soirée, dis-je en m'adressant à lui et à Thomas. Et n'allez pas flamber tout votre blé ce soir, sinon vous n'aurez plus rien à perdre quand vous jouerez contre moi.

J'estime qu'on est quittes maintenant. Il n'avait qu'à ne pas me traiter de *loser*.

— Parlant de perdre, réplique Rick, viens-tu chez nous vendredi après l'école ?

CHAPITRE 10

J'allume la télé. Y a que des émissions de cuisine. Un chef français étend de la pâte à tarte. Quand je change de chaîne, je tombe sur un Asiatique qui confectionne des *dumplings* avec sa fille.

Ma mère entre dans la cuisine. Elle est encore en peignoir. Quand on la voit sans maquillage, on remarque toutes les petites rides qui entourent ses yeux et sa bouche.

— Tu ne devrais pas être en train d'étudier, Tommy ?

— J'me détends, lui dis-je sans quitter la télé des yeux.

— On n'avait jamais besoin de rappeler à ton frère d'étudier, marmonne-t-elle suffisamment fort pour que je l'entende.

Je fais comme si de rien n'était. Elle essaie seulement de m'énerver, et je n'ai pas envie qu'on m'énerve. Je flotte sur mon petit nuage depuis ma sortie avec Clara. Je me concentre plutôt sur la recette de *dumplings*. Le chef montre à sa fille comment en retrousser les coins pour qu'ils ressemblent à des coussins miniatures.

Du coin de l'œil, je vois ma mère s'emparer du journal qui traîne sur le comptoir. Je l'entends ensuite ouvrir puis fermer la porte-fenêtre : elle est sortie sur la terrasse. Avec un peu de chance, elle sera bientôt tellement absorbée par le cahier «Affaires» qu'elle oubliera mes piètres habitudes d'étude et la déception que j'inspire comparé à M. Merveilleux.

Quelques minutes plus tard, la porte-fenêtre s'ouvre de nouveau. Cette fois, c'est mon père qui entre dans la cuisine.

— Alors, Tommy, qu'as-tu prévu faire aujourd'hui ?

Son ton est enjoué. Je devine que ma mère et lui viennent d'avoir une discussion à mon sujet. Elle a dû lui demander de me parler. Elle l'envoie faire le sale boulot à sa place.

— Ben, j'dois étudier, dis-je en espérant que ça suffira à me débarrasser de lui.

— Je suis content d'entendre ça, mon garçon. Penses-tu avoir le temps de faire une pause un peu plus tard dans la journée ?

La question me prend par surprise. Je m'attendais à me faire passer un savon au sujet de mon manque de sérieux dans mes études.

— Qu'est-ce que tu veux dire?

— Eh bien, ta mère et moi, on s'est dit qu'on pourrait peut-être faire quelque chose de chouette ensemble, tous les trois.

Une fois de plus, je prends quelques secondes pour analyser ses paroles. On ne fait jamais rien ensemble. Mes parents, s'ils ne sont pas en train de travailler, c'est qu'ils sont en train de parler du travail.

— Vous n'allez pas au bureau?

— Tommy, c'est dimanche aujourd'hui.

Je songe une seconde à lui faire remarquer qu'ils vont au bureau presque tous les dimanches, puis je me dis qu'ils ont peut-être décidé de changer leurs habitudes ou je ne sais quoi. Ou alors, ils sont tous les deux au bout du rouleau.

— Qu'est-ce que vous pensiez faire?

Cette fois, je lève les yeux de la télé en posant la question.

— On pensait aller faire une promenade sur la montagne.

— Naan, dis-je en reposant mes yeux sur l'écran. J'crois pas que ça me tente.

Le chef et sa fille ont commencé à préparer la sauce pour les *dumplings*. J'observe la fille qui aide son père à mélanger la sauce soya et le gingembre fraîchement râpé. La vérité, c'est que même si mes parents avaient décidé de changer de vie et de consacrer moins de temps à leur travail, je ne voudrais pour rien au monde être surpris en plein jour en train de me balader avec eux sur le mont Royal. Aussi bien me promener avec un *L* géant sur le front... comme dans *loser*.

Ma mère vient nous rejoindre dans la cuisine, un cahier du journal plié sous le bras. J'ai de plus en plus l'impression qu'ils me tendent un piège. On dirait que c'est la guerre et que moi, je ne suis qu'un villageois innocent qui refuse de se mêler de choses qui ne le regardent pas.

— Tommy, dit ma mère, on a besoin de faire plus de choses ensemble, tous les trois.

— Qui a dit ça?

— Ne parle pas à ta mère sur ce ton, intervient brusquement mon père.

Qu'est-ce qui se passe avec eux? Je préfère quand ils sont au bureau, à se tuer au travail. Je marmonne, en guise de réponse :

— J'pensais pas que vous pouviez vous inté-resser à moi à ce point-là.

Ma mère ne semble pas m'avoir entendu, mais mon père prend son air sévère.

— Tommy !

Je suis en train de me demander si je vais m'en sortir sans avoir à m'excuser quand ma mère trouve une autre idée d'activité à faire ensemble.

— Et si on jouait à un jeu de société ?

Cette fois, j'éclate de rire.

— Maman, dis-je en éteignant la télé, on n'a *jamais* joué à des jeux de société. Tu ne trouves pas qu'il est un peu tard maintenant pour commencer ?

Elle me fait un air navré.

Je me frappe la tête et m'exclame :

— Ah, crime ! J'sais pas comment j'ai fait pour oublier ça : j'avais promis à Louis d'aller chez lui cet après-midi. On doit étudier ensemble.

Cinq minutes plus tard, je suis dans le hall et j'attends l'ascenseur. Sans aucune raison particu-lière, je balance un bon coup de pied dans le mur. Après, quand je vois la marque que ma semelle a laissée sur le papier peint, je me sens un peu mieux.

III

Le père de Louis est dans la cuisine et il se lave les mains comme un débile. Il est encore plus gros que Louis. C'est peut-être pour ça qu'il respire aussi fort. Se laver les mains avec autant de vigueur, c'est sûrement l'exercice le plus exigeant qu'il ait fait depuis des mois.

— Pourquoi il fait ça, ton père ?

Je suis Louis jusque dans le petit salon à l'étage. Louis me jette un drôle d'air.

— J'imagine qu'il vient de parler au téléphone avec un de ses clients.

— Qu'est-ce qu'il a fait, celui-là ?

M. Stuart est avocat en droit criminel, ce qui veut dire en gros qu'il gagne sa vie en défendant les voyous.

Louis baisse la voix. Sa petite sœur Alice travaille à l'ordinateur et la porte de sa chambre est grande ouverte. De toute évidence, il ne veut pas qu'elle entende.

— C'est une femme. Elle est accusée d'avoir tué son enfant. J'sais pas ce qui s'est passé exactement, mais ça doit pas être joli pour qu'il se lave les mains comme ça.

— Ouais, j'ferais mieux d'être un peu plus gentil avec ma mère.

Ma blague ne fait pas rire Louis.

— Quel autre genre de débiles il a défendus dernièrement?

On s'affale tous les deux sur le canapé en velours côtelé rouge de la salle familiale. En chemin, j'ai loué le DVD de *Fight Club*. Même si j'ai vu ce film une douzaine de fois, je ne me lasse pas de le revoir.

— Bof, d'autres meurtriers, un batteur d'enfant, un couple de voleurs de banque et, la semaine dernière, un faux-monnayeur.

Louis énumère les clients de son père du même ton détaché qu'il prendrait pour commander une pizza.

— Ça ne t'a jamais dérangé que ton père fréquente ce genre de crapules?

— Pas vraiment, non, répond-il, l'air agacé.

Juste à le voir, je sais qu'il ment. Il ajoute:

— Et puis, je te fréquente bien, toi, Tommy. Pas vrai?

CHAPITRE 11

« L'erreur est humaine ; le pardon est divin »,
écrit Coupal. Quand sa craie crisse sur le tableau,
Anna Browne, la voisine de Clara, grimace.

— Recopiez ça, dit Coupal en se retournant
vers nous. Il s'agit d'une phrase célèbre qu'on
attribue au poète britannique Alexander Pope.
De nos jours, c'est pratiquement un cliché de dire
une telle chose.

Il lève les sourcils en prononçant le mot
« cliché », puis il ajoute :

— Bien qu'il s'agisse d'une remarque valable au
sujet de la fréquence des erreurs et de l'importance
du pardon, c'est à sa ponctuation que nous allons
nous intéresser aujourd'hui.

C'est le signal que j'attendais pour décrocher.
Coupal se lance dans un discours sur les divers
usages du point-virgule. Je me demande s'il sait
qu'il y a une tache de gras au bas de sa cravate
bleue à rayures. Je me demande si le nettoyeur va

réussir à la faire disparaître. Je me penche pour jeter un coup d'œil à Clara, assise plusieurs rangées devant moi. Elle prend des notes à propos du point-virgule.

— On l'utilise parfois pour remplacer une conjonction comme « et » ou « donc », explique Coupal.

Clara hoche la tête comme si c'était la chose la plus intelligente qu'elle ait entendue de toute sa vie. Je me rends compte que si elle n'était pas aussi belle, Clara pourrait très bien me tomber sur les nerfs.

Louis aussi prend des notes avec application. Quand je m'aperçois que Coupal me regarde d'un œil soupçonneux, j'ouvre mon cahier à une page blanche. Péniblement, comme si le geste me demandait toute mon énergie, je m'empare d'un stylo et dessine un point-virgule sur la page. Sauf qu'après, au lieu de recopier les exemples que Coupal inscrit au tableau, je transforme le point-virgule en un pique.

Penser aux cartes, c'est pas mal plus intéressant qu'apprendre les règles de ponctuation.

Une minute plus tard, je me balance sur les pattes arrière de ma chaise et m'amuse à imaginer ma future carrière de joueur de poker professionnel. Je me vois avec un chic complet gris, mais sans cravate. J'entre d'un bon pas au Caesars Palace, à Las Vegas, Clara Labelle à mon bras.

— Bonsoir, monsieur Leclerc, dit le portier, pratiquement plié en deux pour me saluer et me tenir la porte.

Tout le monde se retourne sur notre passage. La grande beauté de Clara y est pour quelque chose, mais c'est surtout dû au fait que j'ai gagné trois fois le championnat du monde de poker.

Je tapote la grosse liasse de billets planquée dans ma poche avant. En passant près des machines à sous, Clara et moi, on croise un Asiatique tout maigre penché sur une des machines. Il vient de perdre et, furieux, se met à frapper la machine. Il cogne si fort que son poignet commence à enfler. Un gardien de sécurité s'approche, lui tape doucement dans le dos et lui dit qu'il est temps de partir.

Clara me donne un coup de coude.

— Cet homme, ce n'est pas Rick Lee ? Il était à Hilltop en même temps que nous.

Je me dirige vers Rick et le gardien de sécurité. Juste à entendre Rick, je sais qu'il a bu. C'est une habitude qu'il a prise à Hilltop, du temps qu'il perdait sans arrêt contre moi.

— Hé, Rick Lee ? dis-je en lui tapant sur l'épaule. C'est bien toi, Rick ?

Quand Rick commence à bredouiller quelque chose comme quoi il est à Las Vegas pour un congrès de sanitaires – il travaille dans l'industrie du siège de toilette – je fais signe au gardien de sécurité qu'il peut s'éloigner et lui dis à voix basse :

— Je m'en occupe.

Puis, je plonge la main dans ma poche et en sors quelques billets de cent dollars que je tends à Rick. Son regard s'allume.

— Tu ferais mieux de retourner à ta chambre d'hôtel maintenant, mon vieux. Tu dois être en forme pour ton congrès de sanitaires demain matin.

Les mains de Rick tremblent lorsqu'il s'empare de l'argent.

— Je pense qu'il traverse une période difficile, dit Clara en me prenant la main. C'était très gentil de ta part de l'aider comme tu l'as fait.

— Monsieur Leclerc ?

Il me faut une seconde ou deux avant de me rendre compte que Coupal m'adresse la parole. Il s'éclaircit la voix, puis me demande :

— Que pensez-vous des regrets ?

— Les regrets ? Je croyais qu'on parlait du point-virgule.

Toute la classe glousse.

— J'ai bien peur de m'être écarté un peu du sujet depuis…, comme c'est mon habitude.

Coupal est vraiment le roi de la digression, ça, c'est sûr. Il parle rarement plus de cinq minutes du même sujet. Il nous arrive toujours avec des observations bizarres : les gens qu'il a vus en file à la pharmacie, la manie de certaines personnes d'étendre leurs vêtements du plus petit au plus grand sur la corde à linge, ce genre de trucs idiots.

Si vous voulez mon avis, les regrets, c'est un sujet déprimant, mais quand même pas mal plus intéressant que le point-virgule.

— On entend souvent dire qu'on doit faire en sorte de vivre sa vie sans avoir de regrets.

J'observe la réaction de Coupal. J'espère qu'il me laissera tranquille maintenant et qu'il demandera l'opinion d'un autre élève.

Mais Coupal n'en a pas fini avec moi.

— « On » ? répète-t-il en haussant les sourcils.

Je comprends alors qu'il va me faire payer mon manque d'attention. Il est comme ça, Coupal. Je précise :

— « On » comme dans « la plupart des gens », comme dans « le public en général ».

— Monsieur Leclerc, êtes-vous en train de nous dire que vous avez tendance à être d'accord avec les opinions avancées par la plupart des gens, par le public en général ?

Il dit ça en me regardant droit dans les yeux et avec tellement d'intensité que, pendant une seconde, j'ai l'impression qu'il n'y a plus que nous deux dans la classe.

— Eh bien, j'imagine que…

Je cherche en vain quelque chose d'intelligent à ajouter quand je sens que Louis me donne des coups de coude. Je me tourne vers lui et comprends aussitôt qu'il essaie de me dire quelque chose. Ses lèvres s'étirent en une ligne horizontale, puis se referment comme s'il se faisait sécher les dents. Mon cerveau carbure à toute vitesse pour essayer de deviner ce qu'il me dit. Tout à coup (*eurêka !*), je trouve : c'est cliché.

— C'est un cliché, dis-je. Ce truc que les gens répètent, qu'il faut « s'organiser pour vivre sa vie sans avoir de regrets », c'est rien qu'un énorme cliché.

Coupal est obsédé par les clichés. Il croit qu'on devrait les bannir. Ce que je viens de dire va sûrement lui faire le plus grand plaisir.

— C'est tout à fait exact, confirme-t-il.

Je sens les muscles de mon ventre se relâcher. Je trouve ça déjà nul d'avoir à passer toutes mes journées assis en classe, si en plus il faut qu'un enseignant me tombe dessus et commence à m'asticoter avec ses questions…

— À vrai dire, poursuit Coupal, je viens de lire une nouvelle étude fascinante au sujet des regrets.

Et c'est reparti ! Il va encore se mettre à jacasser en long et en large… ce qui signifie que je peux décrocher un autre cinq minutes, peut-être même dix.

Je me redresse sur ma chaise et je fais la chose suivante : j'ouvre grand les yeux pour me donner un air concentré. Et la prochaine fois que Coupal reluque de mon côté, je hoche la tête. Comme ça, il pensera que je le suis vraiment dans sa nouvelle parenthèse.

De l'extérieur, j'ai l'air à l'affût. À l'intérieur pourtant, je me prépare à décrocher. Je suis détendu. Je contemple ma vie. Mais il y a quelque chose dans la voix de Coupal… quelque chose comme une urgence qui m'indique qu'il est vraiment transporté par ce qu'il raconte. Alors je continue à l'écouter.

— L'étude prétend qu'en fait, les regrets peuvent avoir un gros impact. Ils peuvent nous inciter à adopter des changements importants dans notre vie. L'étude démontre aussi que le regret « par excellence » des Nord-Américains… – il fait une pause pour insister sur l'expression « par excellence » – a rapport aux études. Soit les gens regrettent de ne pas avoir fréquenté l'école plus longtemps, soit ils regrettent de ne pas y avoir travaillé plus fort quand ils y étaient.

Après avoir dit ça, Coupal balaie la classe du regard en s'arrêtant une fraction de seconde sur les paresseux… dont je fais partie, évidemment.

Je me renverse sur ma chaise et penche la tête de côté afin d'apercevoir les gros nuages blancs joufflus par la fenêtre derrière moi.

— La seule chose que je regrette à propos de l'école, m'sieur, c'est d'être obligé d'y aller.

Toute la classe rigole, et moi aussi. Coupal sourit, mais en pinçant les lèvres. Je suis sûr qu'il bluffe.

La cloche sonne et on sort de la classe.

— Hé, Tommy ! me lance Clara.

Au début, je ne me rends même pas compte qu'elle me parle. Je suis plongé dans mes pensées, occupé à penser aux regrets.

CHAPITRE 12

— Hum… J'suis pas sûr que c'est une bonne idée.

— Mais oui, c'en est une.

Louis peut se montrer très entêté parfois. On passe près du cimetière du Mont-Royal en allant chez Rick. Cette fois, Louis veut jouer… mais je ne suis vraiment pas sûr qu'il soit prêt. Je décide de le tester.

— C'est quoi une quinte ?

— Cinq cartes de la même sorte qui se suivent. Une quinte royale, c'est encore mieux : un as, un roi, une dame, un valet et un dix… tous de la même sorte.

Ça, c'est en plein Louis : sortir le petit détail supplémentaire à propos de la quinte royale. Qu'est-ce qu'il croit ? Que je vais lui donner une médaille ?

Ce qui m'inquiète, c'est qu'il ne suffit pas de connaître les règles pour bien jouer au poker. Il faut être capable de « lire » les gens et ça, ce n'est pas quelque chose qu'on apprend dans un livre ou en visionnant le DVD *Le poker pour les nuls* que Louis a acheté la semaine dernière.

Au moment où Louis et moi on gravit les marches menant chez Rick, une Mercedes argent se gare à côté de l'Audi rouge de notre ami. Une petite femme asiatique en sort, côté passager. Ses cheveux sont attachés en chignon. C'est sûrement la mère de Rick. Elle marche en faisant de tout petits pas mesurés.

En voyant le chauffeur sortir de la voiture, je devine tout de suite que c'est le frère de Rick. Il a la même stature frêle et élancée que lui, et le même dos voûté.

La femme nous tend la main pour nous saluer, Louis et moi. Sa bague à diamants scintille de mille feux. Il y a même de petits éclats de diamant qui «flottent» sous le globe de sa montre. De toute évidence, elle est pleine aux as.

Elle dit quelque chose comme «bon après-midi, jeunes hommes», mais c'est difficile d'en être sûr à cause de son fort accent chinois et de sa façon de hocher la tête en parlant.

Je me mets aussitôt en mode «faire bonne impression aux parents».

— Ravi de vous rencontrer, dis-je en lui serrant la main. Je vous présente Louis.

— On vient jouer une partie de poker avec Rick et ses copains, laisse échapper Louis.

Je lui décoche un regard furieux, mais il ne semble même pas le remarquer. Pour un gars qui a toujours *A* comme moyenne, il pourrait se forcer.

Après avoir sorti du coffre de la voiture des vêtements récupérés chez le nettoyeur, le frère de Rick vient nous retrouver.

— On arrive justement du casino.

III

Mme Lee fait une sieste à l'étage. Lawrence, le frère de Rick, écoute la télé au sous-sol. J'entends les rires enregistrés d'une quelconque série télé. Quand Lawrence s'esclaffe, son rire, qui est très fort, sonne comme le hi-han d'un âne. C'est vraiment le rire le plus idiot que j'ai entendu de toute ma vie. Je suis sûr qu'il ne se doute pas du tout qu'on l'entend du rez-de-chaussée. J'essaie de ne pas me laisser distraire par lui.

Les deux gars avec qui j'ai joué la dernière fois sont présents. Le bouton est placé devant Thomas. C'est donc lui qui brasse les cartes.

— Tu ne trouves pas ça un peu bizarre que ton frère aille au casino avec ta mère ? demande Louis à Rick.

— Pas vraiment, non, répond Rick. Pour nous, le jeu est une activité familiale. Quand j'étais petit et que je vivais à Hong Kong, je jouais au *mahjong* avec ma grand-mère. À l'argent.

On éclate tous de rire. Je demande à Rick :

— Est-ce que tu gagnais ?

— La plupart du temps, mais parfois, j'la laissais gagner.

Quand Louis prend connaissance de ses cartes, il les retourne pratiquement comme s'il voulait que tout le monde les voie. Je lui ai répété un million de fois de relever juste le coin. Je hoche la tête de désespoir.

— Hé, intervient Thomas, pas de signe secret.

— C'était pas un signe secret, dis-je. J'veux juste éviter qu'il se comporte comme un imbécile.

Louis rougit, mais au moins, après, il laisse ses cartes bien à plat sur la table.

Je reçois un trois et un huit, non assortis. Pas très prometteur.

Je relance quand même la mise à dix dollars quand c'est mon tour. Puis, je me renverse sur ma chaise et tente d'avoir l'air détendu.

Louis, qui joue après moi, décide de suivre, c'est-à-dire de miser une somme identique. Je le sens qui scrute mon visage, guettant ma réaction. Je voudrais bien lui faire un signe – simplement pour qu'il se sente mieux – mais je ne veux pas que Thomas s'énerve.

Rick remporte la première main. Louis et moi, on a tous deux perdu quarante dollars. Quand Rick me fait un grand sourire, j'essaie de me souvenir à quoi il ressemblait dans ma rêverie : à un pauvre type qui cogne sur une machine à sous jusqu'à ce que son poignet enfle.

III

Croyez-le ou non, Louis gagne les trois mains suivantes. Je tire encore de l'arrière, mais je préfère de loin perdre au profit de Louis qu'à celui de Rick.

Je jette un coup d'œil à Louis et je devine tout de suite qu'il fait de son mieux pour retenir un sourire. Décidément, il a encore bien du travail à faire pour apprendre à cacher son jeu.

C'est mon tour de miser. Quand je découvre mes cartes (deux dames), je me sens tout à coup un peu plus optimiste. Bien sûr, je fais très attention de ne rien laisser paraître. Au contraire, je me mets à mordiller l'intérieur de ma joue… et je m'assure que les autres le remarquent.

Tout le monde se couche sauf Rick et moi. Je relance de vingt dollars.

Je me mordille de nouveau l'intérieur de la joue en apercevant le flop : il y a un roi, un quatre… et une autre dame. Les choses s'annoncent plutôt bien pour moi, on dirait.

Rick relance la mise de dix dollars. Je le fixe droit dans les yeux et annonce :

— Je sur-relance de vingt.

Il prend ses lunettes de soleil et les met. Ah ! Ah ! C'est signe qu'il a quelque chose à cacher. Mais quelle est la probabilité qu'il ait une paire de rois ? Pas très forte. Non, je le sais, je le sens : je suis sur le point de gagner, et beaucoup à part ça. Ma victoire va compenser pour le reste de cet après-midi pourri.

— Je suis, dit Rick en poussant dans le pot une autre pile de jetons valant vingt dollars.

Il retrousse le coin des lèvres, mais m'adresse un regard plus moqueur qu'amical.

C'est maintenant le temps du tournant. Je brûle une carte et retourne la suivante. Un six de pique. Pas très intéressant.

— Je relance encore, annonce Rick en ajoutant vingt dollars de jetons dans le pot.

Cette fois, il détourne le regard quand je lève les yeux vers lui. Je décide qu'il bluffe.

— Je sur-relance de vingt.

« Faut que ce soit une dame », que je me dis quand vient le temps de la rivière, la dernière carte commune. Comme j'ai déjà caché mes doigts sous ma chaise, à l'abri des regards, je me permets d'agripper le fond rembourré. Je commence à être un peu nerveux. L'affaire, c'est de ne pas le montrer.

« Faut que ce soit une dame. » Mais non, quand je retourne la carte, c'est un roi.

Merde !

— Je relance de trente, dit Rick.

Sa voix est calme, détendue. Se pourrait-il qu'il ait des rois, en fin de compte ?

— Je suis, dis-je.

Je sens mon cœur battre à tout rompre dans ma poitrine. Si je perds maintenant, c'est cent vingt dollars qui s'envolent. Ajouté à mes pertes précédentes, j'aurai perdu plus de deux cents dollars.

Je sens l'air se coincer dans ma gorge quand Rick retourne ses cartes. Il a trois rois et, pendant une seconde, je jurerais que l'un d'eux me fait un clin d'œil.

— Triple roi, lance Rick en éclatant de rire. Tu peux pas battre ça, hein?

Je m'ordonne de ne pas regarder Louis. La dernière chose dont j'ai besoin en ce moment, c'est bien de compassion. Rick annonce qu'il doit partir bientôt pour aller souper dans un restaurant chic du centre-ville avec sa mère et son frère, mais je ne l'écoute pas. J'écoute une autre voix.

Cette voix, qui vient du fin fond de mon être, est empreinte de nervosité. Elle me demande: «Hé, mon vieux, ta lancée victorieuse serait-elle terminée, par hasard?»

CHAPITRE 13

Les choses s'améliorent le lendemain matin quand Clara me téléphone. Elle veut savoir si j'ai envie de l'accompagner dans les boutiques du centre-ville. Clara ne s'est pas encore rendu compte que je ferais à peu près tout ce qu'elle me demanderait de faire.

Quand on se retrouve à l'arrêt d'autobus sur l'avenue du Parc, je lui dis :

— Il me semblait t'avoir entendue dire que tu n'appelais jamais les gars d'habitude…

— C'est vrai, dit-elle en rougissant. *D'habitude.*

Pendant une fraction de seconde, je me sens mal de l'avoir embarrassée.

C'est une des journées les plus chaudes de ce printemps. J'ai beau ne rien connaître aux fleurs, je ne peux m'empêcher de remarquer les petits boutons jaunes qui émergent de dessous une clôture.

Une fois qu'on a trouvé deux sièges libres côte à côte au fond du bus, je lui demande :

— Alors, où on va ?

— J'ai pensé qu'on pourrait commencer par les Cours.

Elle parle des Cours Mont-Royal, un centre commercial près de Peel et Sainte-Catherine. Mon père m'a raconté qu'il y avait un hôtel à cet endroit quand il était jeune.

— Toutes mes boutiques préférées sont là : Luscious, Deluxe et American Babe. J'ai vu un supercapri chez Luscious. Il est bleu-noir, un peu comme un ciel de nuit l'été.

Clara a les yeux rêveurs quand elle parle de vêtements.

Je hoche la tête et tâche de dire « ah ouais ? » aux bons moments. Je sais qu'un capri est une sorte de pantalon, mais sinon, c'est comme si Clara parlait une langue étrangère. Pour la première fois de ma vie, j'aimerais avoir une sœur pour qu'elle me donne un cours intensif sur les habitudes de magasinage des filles. Un genre de cours de Magasinage 101. Ou plutôt, dans mon cas, un cours de rattrapage en magasinage.

Clara et moi, on prend ensuite le métro jusqu'au Centre Eaton. De là, on accède aux Cours par un passage souterrain.

Clara circule avec aisance parmi la foule compacte des magasineurs du samedi. Elle marche la tête haute, les yeux fixés sur un endroit que je ne vois pas, mais que je soupçonne être son magasin préféré. Celui qui vend le capri tant convoité. Je dois pratiquement courir pour réussir à la suivre.

On entre chez Luscious. La vendeuse (une brunette aux jambes interminables) est occupée avec une autre cliente. Clara se dirige tout droit vers un présentoir à vêtements placé d'un côté de la boutique. Elle fouille parmi les vêtements comme si elle tournait les pages d'un bottin téléphonique, l'air parfaitement concentrée.

— Il n'est plus là, annonce-t-elle en se couvrant la bouche de la main.

On jurerait que quelqu'un vient de mourir.

Je ne sais pas trop comment réagir. Lui offrir mes condoléances ? Je sais que je vais me sentir bizarre si je me mets à fouiller parmi des vêtements féminins, mais je sens que Clara a besoin d'aide. Elle a les joues rouges. Je me demande même si elle n'est pas sur le point de faire une crise. Je me dandine d'un pied sur l'autre, puis je m'approche un peu et commence à chercher à mon tour.

— Tu dis qu'il est marine, c'est ça ? Taille quatre ?

Clara lève les yeux vers moi.

— Bleu-noir, rectifie-t-elle.

— C'est lui ?

Je dégage un cintre et lui montre un pantalon foncé qui semble avoir été conçu pour une personne amputée.

— Oh ! bon sang ! s'écrie Clara d'une voix aiguë. Tu l'as trouvé ! T'es formidable !

Pendant qu'on attend à la caisse, je suis si près de Clara que je sens le parfum citronné de son shampoing. Je me penche vers elle pour l'embrasser.

Clara recule d'un pas et rit.

— Plus tard peut-être, dit-elle en tapotant doucement le bout de mon nez de son index.

Je sens mes genoux faiblir un peu. Comment elle fait pour rendre un geste tout bête aussi sensuel ?

— T'es mignon, ajoute-t-elle, en plus d'être un excellent magasineur !

III

Une heure plus tard, je me sens comme un mulet. Y a de quoi : je transporte quatre sacs.

Dont l'un contient des souliers. Pendant ce temps, Clara s'évertue à m'expliquer la psychologie du magasinage.

— Ce qui se passe, dit-elle en renversant la tête dans un grand rire, c'est que tu achètes un vêtement – ce capri, par exemple – et là, tu te rends compte que tes chaussures ne sont absolument pas assorties à ce nouveau vêtement.

Elle fixe les espadrilles en toile qu'elle porte. À moi, elles semblent tout à fait correctes.

— Puis, il te faut un nouveau haut, poursuit-elle. Ensuite, c'est le sac à main qui ne va pas avec les chaussures. C'est une vraie drogue, soupire-t-elle dans l'ascenseur qui nous conduit à l'étage supérieur.

— Est-ce que ça veut dire que tu t'mets à trembler et à transpirer quand les magasins ferment, à cinq heures ?

J'agite mon bras (celui qui est appuyé sur la rampe de l'ascenseur) et je m'éponge le front de l'autre main. Clara glousse de plaisir. Y a pas à dire, elle me trouve vraiment drôle.

Au fond de moi cependant, je commence sérieusement à me demander combien de temps encore je vais endurer cette expédition de magasinage. J'ai passé la majeure partie de la journée à attendre à l'extérieur des cabines d'essayage, tandis que Clara poussait des oh! et des ah! à l'intérieur.

En sortant de l'ascenseur, j'aperçois notre reflet dans un des miroirs qui couvrent les murs près des portes et je songe à quel point je suis chanceux de passer la journée avec une belle fille comme Clara. Je connais des gars qui donneraient n'importe quoi pour avoir le privilège de transporter ses sacs... ou de l'attendre devant sa cabine d'essayage.

On s'arrête ensuite dans une petite boutique qui vend des bijoux et des lunettes de soleil.

— J'adore celles-ci, s'exclame Clara tout en en essayant une paire.

La monture est en plastique blanc, mais parce que ce sont des Chanel, elles coûtent quatre cents dollars.

Clara a déjà dépensé plus de cinq cents dollars (je dis ça à vue de nez...). Elle m'explique que ses parents lui permettent de dévaliser les boutiques une fois au début de chaque mois.

— Imagine combien ça leur coûterait si j'allais à une école où il n'y a pas d'uniforme, conclut-elle.

Elle retire les lunettes et les tient avec précaution, comme si c'était un nouveau-né.

— Je ne sais pas si je devrais les acheter. Elles sont magnifiques, roucoule-t-elle en caressant le plastique d'un blanc étincelant. Magnifiques, mais bien trop chères.

Clara les replace sur l'étagère en verre où elle les a prises. En sortant du magasin, elle se retourne une dernière fois et soupire.

— Une minute ! dis-je en fouillant dans ma poche arrière, je pense que j'ai échappé ma carte d'autobus.

Je retourne dans le magasin et fais semblant de scruter le plancher. En réalité, je veux simplement parler à la vendeuse.

— Pourriez-vous me donner une carte de la boutique, s'il vous plaît ?

Dès que ma chance au jeu reviendra, j'achèterai ces lunettes de soleil à Clara.

CHAPITRE 14

Je décroche le téléphone pour appeler Clara, puis le repose. Avec une fille comme elle, je dois jouer mes cartes correctement. Je ne dois pas avoir l'air trop pressé. Ni trop indépendant.

Je m'allonge sur mon lit. J'essaie de me changer les idées en écoutant de la musique sur mon iPod, mais je continue de penser à Clara.

J'ai eu le baiser qu'elle m'avait promis, mais pas aux Cours Mont-Royal, ni même dans l'autobus, durant le trajet du retour. Non. Clara a attendu à la toute dernière seconde. On était devant la porte chez elle. À part la lumière extérieure, la maison était plongée dans l'obscurité. J'avais malgré tout l'impression que son père était caché quelque part derrière les rideaux et qu'il nous surveillait.

J'étais en train de réfléchir à comment j'allais m'y prendre quand elle m'a pris la main par surprise, m'a attiré contre elle et m'a embrassé.

Je dois reconnaître que j'ai été plutôt surpris… mais je me suis vite ressaisi. Ses lèvres étaient douces comme des pétales de rose. À voir comment elle les pressait contre les miennes, je me suis dit que je pouvais pousser les choses un peu plus loin. J'ai donc laissé ma langue se frayer un chemin jusque dans sa bouche. Et là, durant quelques secondes, j'étais au paradis.

J'étais en train de penser que Clara était encore plus hot que je n'avais osé l'imaginer quand, justement, j'ai senti sa main sur mon torse. Dans mon ventre, ça s'est mis à trembler. En fait, elle voulait seulement me repousser.

— Désolé, Clara, je me suis laissé emporter.

— Moi aussi, a-t-elle répondu, légèrement essoufflée.

Durant tout le trajet en revenant à la maison, j'ai repensé à la manière dont Clara avait dit « Moi aussi. » Il n'y avait aucun doute là-dessus : Clara Labelle était folle de moi.

Je savais déjà que je paraissais plutôt bien. Je savais aussi que j'avais un bon sens de l'humour. Mais c'était la première fois que je prenais conscience que moi, Tommy Leclerc, je pouvais être un gars attirant pour les belles filles comme Clara.

III

— C'est Marc-Olivier au téléphone ! crie ma mère depuis le salon.

À l'entendre, on jurerait que le Messie vient d'atterrir à Montréal.

— Stéphane, c'est Marc-Olivier !

J'entends mon père ouvrir la porte de son petit salon.

— J'arrive !

Il semble aussi excité que ma mère.

J'essaie de faire comme s'ils n'étaient pas là, mais c'est difficile parce qu'ils ont mis l'appel sur haut-parleur et que son écho grésillant résonne jusque dans ma chambre.

— Oh ! c'est formidable ! s'enthousiasme ma mère.

Je presse un oreiller sur ma tête pour étouffer le bruit, mais même ça ne suffit pas à m'épargner ses cris de joie.

— Incroyable ! renchérit mon père.

M. Merveilleux doit être en train de faire un rapport de ses dernières notes. Je me tourne sur le côté et monte le volume de mon iPod.

Tout ça ne fait que me rappeler mon résultat à l'examen d'histoire : quarante-deux pour cent. Plutôt bon si on considère que je n'avais pas étudié. Au moins, mes parents ont oublié de me demander comment ça s'était passé.

— On est tellement fiers de toi ! s'exclame mon père.

Je me demande s'il le fait exprès pour m'embêter.

— Tommy ! appelle ma mère. C'est ton frère au téléphone.

Comme si je n'avais pas deviné.

— Tu ne veux pas lui dire un mot ? ajoute-t-elle.

J'émets un grognement en me levant de mon lit et me dirige vers le salon. Si je marche assez lentement, Marc-Olivier aura peut-être raccroché avant que j'arrive… Pas de chance.

Ma mère tapote la place à côté d'elle sur le canapé.

— Tommy est là, lui aussi, annonce-t-elle. Il veut te parler.

Ouais, tu parles si ça me tente !

— Salut, ça va ? dis-je en essayant de faire comme si ça m'intéressait vraiment.

— Ça va superbien, répond Marc-Olivier.

Pas de surprise là encore : Marc-Olivier va toujours « superbien ».

— Je racontais justement à maman et papa que j'ai bien réussi mes examens de mi-session. Et mon prof de génie informatique veut m'embaucher comme assistant de recherche l'été prochain. C'est un grand honneur, tu sais, pour un étudiant de première année.

Je l'écoute et me demande une chose : si Marc-Olivier est aussi intelligent, comment ça se fait qu'il ne se rend pas compte qu'il agit comme un crétin égocentrique ? Si je ne l'interromps pas tout de suite, il va continuer à énumérer ses exploits… car je suis sûr qu'il en a d'autres en réserve.

Je prends une bonne respiration et je dis :

— Je suis vraiment fier de toi.

Pendant un instant, il ne se passe rien à l'autre bout du fil. Je vois mes parents échanger un regard. C'est clair : ils se disent que j'ai enfin évolué dans ma relation avec mon frère.

— T'es sérieux ? demande Marc-Olivier.

— Mais oui. T'es génial…

Un peu plus et « j'entends » Marc-Olivier sourire à l'autre bout de la ligne.

— … pour un nerd.

— Ce n'est pas une façon de parler à ton frère.

Maintenant que Marc-Olivier a raccroché, mon père est planté devant moi et il agite son doigt en l'air comme si j'étais un chiot qui s'obstine à pisser à côté du journal. En un sens, j'imagine que c'est pas mal ce que je suis.

— Laisse-le, intervient ma mère.

Je me lève du canapé et me dirige vers ma chambre. De loin, je l'entends qui ajoute à voix basse :

— Ça ne doit pas être facile d'avoir un frère comme Marc-Olivier.

J'ai envie de me remettre à rêver à Clara, mais je suis trop agité.

J'allume donc mon ordinateur, fais défiler la liste de mes favoris et choisis le site de poker.

Je me sens mieux dès que la page s'ouvre. Je sors mon cahier à reliure spirale de mon sac à dos. Je vais encore avoir besoin des infos de la carte de crédit de mon père.

« Ce n'est pas une façon de parler à ton frère. » Je marmotte la phrase en imitant mon père, puis j'entre les trois chiffres du code de sa carte de crédit.

L'ordinateur me demande combien je veux déposer dans mon compte. J'avais l'intention d'inscrire trois cents dollars, mais je pense tout à coup aux lunettes de soleil Chanel. Mon doigt se déplace vers la droite du clavier : six cents dollars. Ça devrait faire l'affaire.

CHAPITRE 15

Deux choses peuvent se passer quand on joue au poker en ligne : on gagne gros ou on perd lentement. Tellement lentement, en fait, qu'on ne s'en rend même pas comte.

C'est ce qui m'arrive.

Je commence par laisser défiler les tables à vingt-cinq cents. Aujourd'hui, mes objectifs sont un peu plus élevés que d'habitude. Et puis, j'ai six cents dollars à ma disposition… et j'espère bien offrir à Clara les fameuses lunettes de soleil Chanel grâce à mes gains.

La dernière fois que j'ai joué en ligne, les cinquante dollars que j'avais gagnés sont arrivés trois jours plus tard par la poste, dans une banale enveloppe blanche. Ça veut donc dire que je pourrais retourner aux Cours Mont-Royal mercredi après l'école pour acheter les lunettes de soleil. J'imagine déjà l'air de Clara en voyant mon cadeau.

Ces lunettes Chanel, ce sera ma façon de lui faire savoir ce que je ressens pour elle. Juste d'y penser, j'approche ma chaise un peu plus de l'ordinateur.

Cette fois, quand je clique sur une place libre à l'une des tables de poker virtuelles, on ne m'attribue pas l'image d'un gars musclé en camisole blanche. C'est plutôt celle d'une petite vieille au visage aussi ridé qu'une patate ratatinée. À mes pieds – ou plutôt aux siens – il y a un affreux sac à main noir et une canne en bois.

À cette table, les mises débutent à dix dollars. Pour commencer, je reçois une paire de neuf. «Bon début», que je me dis, tandis que tout mon corps se met en mode poker : mes yeux se concentrent sur l'écran et mon cœur palpite.

Je relance la grosse mise et la fais passer de vingt à trente dollars. Je veux que mes adversaires me prennent au sérieux. Il y a un six, une dame et un neuf dans le flop.

Quand j'aperçois le neuf, je m'interdis aussitôt de battre la mesure sur mon genou. J'étais en train d'oublier que je joue en ligne et que mes adversaires ne peuvent ni me voir ni m'entendre, pas plus que je ne le peux d'ailleurs.

— Ouais !

Je me laisse aller. Ça fait du bien de ne pas avoir à cacher mes émotions : c'est aussi bon que sortir de l'école après une longue journée ennuyeuse.

— Ça va, ici ? demande mon père de l'autre côté de la porte.

Je suis tellement pris au jeu que j'en oublie où je suis.

— Euh… ouais, ouais.

J'espère qu'il va s'éloigner. Et surtout, j'espère que je n'aurai pas à éteindre l'ordinateur alors que la chance semble être de mon côté.

— T'as envie de regarder le basket à la télé ? demande encore mon père.

— Un peu plus tard, OK ? dis-je sans quitter l'écran des yeux.

J'essaie de ne pas avoir l'air de vouloir me débarrasser de lui. Je ne veux surtout pas qu'il s'imagine que je lui cache quelque chose.

— OK.

Je l'entends faire demi-tour dans le corridor et retourner dans son petit salon.

J'étais sûr que mon triple neuf allait me faire gagner la main, mais un joueur nommé Wildchild me bat avec un triple valet. Merde.

Une petite case noire et blanche au bas de l'écran m'indique combien d'argent j'ai dans mon compte. Pour le moment, j'ai perdu quarante dollars, mais bon, y a rien là. Il me reste encore cinq cent soixante dollars. Malgré tout, je n'arrive pas à me débarrasser de l'impression que les choses ne roulent pas pour moi. Quelque chose me dit que la petite vieille toute ridée devrait aller tricoter ou faire la sieste... Lâcher le poker, en tout cas.

Je pourrais me déconnecter et peut-être même aller regarder un peu de basket avec mon père, mais ce serait abandonner trop vite. L'action commence à peine. J'ai probablement besoin d'un peu de temps pour me réchauffer et prendre vraiment le rythme de la partie. Le vent va tourner en ma faveur d'une minute à l'autre. Je le sens.

Ma confiance commence à revenir quand je gagne la main suivante.

«Ouais!» Je souris en voyant mon compte remonter à cinq cent quatre-vingt-dix dollars. Mon cou et mes épaules se détendent.

Ils se tendent de nouveau quand je vois mes cartes : un trois et un six. En temps normal, j'attendrais le flop avant de me coucher, mais cette fois, je décide de le faire tout de suite. Comme si j'avais peur. Quand je vois apparaître un trois et un six dans la rivière, je gémis tout haut. Non mais, sans blague, comment j'aurais pu m'en douter? Avec deux paires, j'aurais gagné la main. Au lieu d'être déçu, je décide plutôt d'interpréter ça comme un signe. À partir de maintenant, je dois jouer de façon plus agressive.

Une chose est sûre : on doit avoir une attitude de battant quand on joue au poker. J'ai vu ça un million de fois. Un gars pense comme un perdant... et il perd gros. Il faut penser comme un gagnant, et tout se passe bien. Je devrais proposer ma théorie à Coupal. Il trouverait sûrement moyen de glisser ça dans un de ses cours.

Le montant inscrit à mon compte monte un peu, puis redescend, comme un thermomètre qui fonctionnerait mal. Pendant un certain temps, mon compte oscille entre cinq cents et sept cents dollars. Je suis tellement concentré sur les cartes que je ne m'arrête même pas pour regarder l'heure. J'ignore si je joue depuis quinze minutes ou depuis deux heures.

Quelques mains de plus et je suis encore en train de perdre. Cette fois, je suis à quatre cent cinquante. J'ai un roi et un cinq. Quand le flop apparaît, je murmure : « Donnez-moi un autre roi. » Mais il n'y a pas de roi, pas même un cinq. Cette fois, je ne me coucherai pas. Je vais plutôt bluffer. C'est une question de confiance, pas vrai ? Si je me comporte comme un gars sûr de lui, je vais gagner. Ça se résume à ça, non ?

En fin de compte, cette théorie fonctionne seulement si vos adversaires ont de mauvaises cartes. Beautyqueen – une blonde aux gros seins qui vient tout juste de se joindre à notre table – a une paire d'as. Elle remporte la main et moi, je me ramasse encore plus pauvre.

J'ai arrêté de penser aux lunettes de soleil de Clara. La seule chose à laquelle je pense maintenant, c'est à récupérer mes pertes. Ma prochaine main ne peut pas faire autrement qu'être meilleure. Un gars ne peut pas perdre comme ça, sans fin. Pas vrai ?

Mes mains deviennent un peu moites quand je tombe sous la barre des quatre cents dollars, puis des trois cent cinquante. Je les essuie sur mon jean et secoue mes épaules. N'importe quoi pour que ma chance tourne. Je pourrais tout arrêter, mais je suis convaincu que si je joue un peu plus longtemps, je vais regagner ce que j'ai perdu.

J'entends mon père qui marche vers ma chambre. Je voudrais lui dire de s'en aller, de me laisser tranquille, mais bien sûr, je ne le fais pas. Les pas s'arrêtent puis, quelques secondes plus tard, ils s'éloignent. Est-il retourné dans son petit salon? Les bruits typiques d'une partie de basket me parviennent de loin: les cris de joie et le ton monocorde d'un commentateur sportif.

«Juste quelques mains encore», me dis-je. C'est mon tour d'être le donneur, ce qui est avantageux, car je suis le dernier à miser. J'ai un valet et un roi de la même sorte. Pour la première fois depuis un bout de temps, je me sens plus optimiste.

J'entends Coupal nous répéter: «Tant qu'il y a de la vie, il y a de l'espoir. Mais méfiez-vous des faux espoirs. Ils peuvent se révéler très dangereux.»

Je me couvre les oreilles pour faire taire la voix de Coupal. Je dois me concentrer sur le jeu. Il y a un dix et un as dans le flop. Il ne me manque qu'une dame pour compléter ma séquence. Cette fois, j'ouvre l'œil. Il n'y a rien de bon pour moi dans le tournant. Deux de mes adversaires se couchent. Une fois de plus, je sens une bouffée d'espoir m'envahir. Il reste encore la rivière et, même si je ne peux pas voir mes adversaires, j'ai presque l'impression de sentir leur stress. Ont-ils les mains moites, eux aussi ?

J'attends la rivière en retenant mon souffle. L'ordinateur émet un petit bruit lorsqu'il révèle la carte. C'est un huit.

Il me reste encore la possibilité de bluffer. Je relance à cent dollars. Beautyqueen ne se couche pas. Ou bien elle bluffe, elle aussi, ou bien sa main est gagnante. Elle sur-relance à deux cents dollars. Maintenant, ce sont mes aisselles qui sont moites de transpiration. Je clique sur l'icône de relance. Si je perds, mon compte sera complètement à sec.

Si je gagne, Clara pourra porter ses nouvelles lunettes de soleil dès mercredi après-midi. Chacun dévoile son jeu. Beautyqueen a un triple huit. Quant à moi, je n'ai rien du tout. Et Clara non plus.

CHAPITRE 16

Je fais seulement semblant de suivre la partie de basket. Mon père a passé son bras autour de mes épaules et ma mère vient de nous apporter un bol de maïs soufflé tout droit sorti du four à micro-ondes. Quelques cellules de mon cerveau enregistrent le fait qu'une partie se déroule à l'écran – elle oppose les Lakers de Los Angeles aux Knicks de New York – mais à part ça, je suis comme un zombie. Le maïs soufflé n'a pas d'odeur, je ne sens pas les doigts de mon père qui tracent un petit rond sur ma manche et le son qui sort de la télé n'est qu'un vague bourdonnement bruyant.

La chance m'a abandonné. Sans compter les six cents dollars de mon père que j'ai flambés. Mes pieds et mes mains sont glacés, et je sens une grosse boule se former au creux de mon estomac. Comment j'ai fait pour perdre autant d'argent aussi vite ? Et pourquoi je ne me suis pas arrêté plus tôt, avant d'avoir vidé le compte ?

Évidemment, la question est stupide. Si ce n'était du bras de mon père qui me retient sur le canapé, je serais devant l'ordinateur, à une autre table de poker, en train d'essayer de regagner l'argent perdu. À essayer de gagner plus d'argent. Tout ça, c'est à cause de la petite vieille toute ridée. Elle m'a porté malheur, j'en suis sûr. Si j'avais été le gars cool en camisole blanche, j'aurais gagné. Gagné gros.

— Il n'a pas marché avec le ballon, jamais de la vie ! crie mon père en bondissant sur ses pieds si soudainement que, pendant une seconde, le plancher de bois en vibre.

— Les gars, pourriez-vous baisser le ton un peu ? lance ma mère depuis l'entrée.

Elle est en train de vérifier les messages dans la boîte vocale. Des ouvriers sont censés commencer dès demain à rénover une des salles de bain, et elle veut savoir à quelle heure ils ont l'intention d'être chez nous.

— Maudit arbitre, maugrée mon père. Il donne le ballon aux Lakers.

— Pour l'amour, les gars, c'est seulement un jeu, dit encore ma mère.

J'essaie de me concentrer sur la partie. Le pointage est à égalité à 84 et c'est le dernier quart.

Je sais que je ne devrais pas retourner jouer en ligne de toute façon... en tout cas, pas maintenant. Je suis trop désespéré. Je ferais mieux de remettre ça à plus tard, quand je serai calmé.

Je me sens un peu coupable quand je regarde mon père. C'est son argent, après tout. Il ne risque pas de le remarquer, mais... De toute façon, je vais le regagner, je le sais, je le sens. Et quand ce sera fait, je retournerai sur le site pour remettre sa carte de crédit à zéro.

Il s'est rassis sur le canapé, les doigts agrippés au cuir foncé. Je suis sûr que s'il le pouvait, il sauterait sur l'arbitre.

— Marbury dribblait, il ne marchait pas ! répète mon père.

— Mmmouais.

En vérité, je ne prêtais même pas attention quand l'arbitre a sifflé. Je lève les yeux vers l'écran et m'ordonne de me concentrer sur le basket au lieu de penser au poker.

Je vois Marbury, le meneur de jeu de l'équipe de New York, se tourner vers l'arbitre qui a signalé la faute. Il a le visage tout rouge, ses joues dégoulinent de sueur et il brandit un poing. Je ne peux pas entendre ses paroles, mais à voir ses lèvres bouger, je suis pas mal sûr que c'est quelque chose comme : « Qu'est-ce que vous racontez ? C'est n'importe quoi ! »

La caméra fait un gros plan de l'arbitre. Il n'aime pas ça du tout se faire parler sur ce ton. Mon père éclate de rire. Il rit tellement fort qu'il doit poser sa main sur son ventre pour se calmer.

— Je suis bien contente de voir que vous vous amusez, tous les deux ! lance ma mère.

Puis elle ferme la porte du petit salon pour continuer à écouter les messages. Personne n'est surpris de voir l'arbitre annoncer une faute technique.

— Si tu veux mon avis, l'arbitre l'a provoqué, déclare mon père.

L'entraîneur des Lakers appelle ses joueurs sur le banc. Ils vont avoir droit à un lancer-franc. Et après, ils reprennent possession du ballon.

— Quel match ! s'emballe mon père en me donnant un bon coup sur le bras.

Il ne reste plus que trois secondes au dernier quart. Si Los Angeles fait un panier, ils vont probablement remporter la partie.

Un grand blond efflanqué aux cheveux bouclés s'avance pour faire le lancer. Il traverse le terrain jusqu'à la ligne de tir en fixant le panier.

J'imagine qu'il fait ce qu'on nous dit de faire au cours d'éduc : il visualise un lancer réussi. Peut-être est-il en train d'imaginer le son que le ballon va faire en fouettant le filet du panier.

— Je te parie cinq dollars qu'il rate le lancer, me murmure mon père.

Je retiens mon souffle. Mon père n'a jamais fait de pari avec moi, pas une seule fois pendant mes quinze années de vie.

— Tu veux parier ?

— Bien sûr, répond mon père comme si c'était la chose la plus naturelle du monde. Cinq dollars qu'il le manque.

Le joueur des Lakers plie les genoux et se prépare à lancer. Il tient le ballon par en dessous d'une main et se sert de l'autre pour le guider. Il doit mesurer au moins deux mètres dix, certain.

— Et moi, j'te parie dix dollars qu'il le réussit.

J'ai pris soin de garder ma voix détendue et neutre. Je ne veux pas que mon père devine mon excitation : mon cœur qui s'emballe comme il le fait chaque fois que je parie.

— Dix dollars, marché conclu, dit mon père à mi-voix sans quitter l'écran des yeux.

J'ai toujours aimé regarder les parties de basket, mais maintenant qu'il y a de l'argent en jeu, j'éprouve un tout nouvel intérêt.

Aucun de nous ne parle quand le ballon quitte les mains du joueur, décrit un arc dans les airs, puis redescend un peu. D'abord, il roule sur l'anneau en métal, puis frappe le panneau, et ensuite rebondit sur l'autre côté de l'anneau en tournant vers la gauche. Pendant une fraction de seconde, on jurerait qu'il va tomber par terre, mais tout d'un coup, juste comme ça, il tombe dans le filet.

— J'ai gagné !

Durant un instant, tout va mieux dans ma vie.

Mon père sort son portefeuille de sa poche et y prend un dix dollars parmi une liasse de billets.

— Si j'étais toi, dit-il en baissant la voix, je ne parlerais pas de ça à ta mère.

CHAPITRE 17

— Pourquoi tu m'as pas dit qu'on avait un test de français ? chuchoté-je à Louis tandis que Coupal distribue les copies d'examen.

Louis jette un coup d'œil alentour pour s'assurer que Coupal ne nous voit pas. Je ne comprends pas pourquoi il est aussi nerveux. On n'a même pas encore vu la question de l'examen.

— J'ai essayé, mais ta mère m'a raconté une histoire à propos des liens à renforcer entre ton père et toi.

— Je lui ai parié dix piastres que le joueur des Lakers réussirait le dernier panier.

— Quoi ? T'as fait un pari avec ton père ?

Pendant une seconde, Louis oublie de chuchoter.

— Est-ce que ces messieurs au fond de la classe ont un problème ? demande Coupal en nous fixant par-dessus ses lunettes à monture métallique.

— Non, monsieur, répond Louis en se redressant.

— Bien. Vous pouvez retourner votre copie à présent, poursuit Coupal.

En retournant ma feuille, j'entrevois la chevelure blonde de Clara. Comme d'habitude, elle est assise en avant. Pendant un instant, je regrette de ne pas avoir écouté plus attentivement durant les cours. J'aimerais bien réussir le test haut la main, juste pour l'impressionner.

Coupal nous demande d'analyser un poème qui parle d'un tournesol. Je me souviens vaguement qu'on en a discuté en classe. « Dans le titre du poème, pourquoi William Blake met-il un point d'exclamation entre les mots "Ah" et "Tournesol" ? » Aucune idée. Ça, c'est du Coupal tout craché de nous coller une question de ponctuation. Je parie qu'il aurait rêvé que cet idiot de Blake place aussi un point-virgule dans son poème. Ça aurait vraiment fait son bonheur, à Coupal.

Je dépose mon stylo sur le pupitre et pousse un gros soupir. Assez fort pour que Coupal l'entende. Puis je porte la main à mon front qui est chaud et moite. Parfait.

Quand je sens que Coupal se tourne vers moi, je grimace. Je sais que c'est un bon gars. Je mise sur le fait que, voyant que je suis souffrant, il ne m'obligera pas à faire mon examen. Trois secondes plus tard, il est penché au-dessus de mon bureau comme une mère poule.

— Vous allez bien, monsieur Leclerc ?

Les choses se passent mieux que prévu à vrai dire. Je vois des rides d'inquiétude sur son front. Si j'étais plus gentil, je pourrais presque me sentir désolé pour lui.

Je reprends mon stylo, histoire de lui montrer que je veux vraiment faire mon examen. Puis je le lâche, comme si j'étais trop faible pour le tenir.

Ensuite, je porte le coup final. Un coup subtil, mais payant. Je mords ma lèvre inférieure et je balbutie :

— Je ne me sens pas très bien.

Les autres élèves sont déjà occupés à écrire, penchés sur leur copie d'examen. Coupal se baisse pour que sa tête soit à la hauteur de la mienne.

— Êtes-vous certain que cela n'a rien à voir avec le test, monsieur Leclerc ?

Je le regarde droit dans les yeux.

— Bien sûr que non, monsieur.

— Dans ce cas, j'aimerais que vous descendiez à l'infirmerie. Faites-vous examiner. Vous passerez l'examen demain, à l'heure du dîner. Si vous vous sentez assez bien.

— Merci, dis-je tout bas en ramassant mes affaires.

Je fais attention de ne pas sortir trop vite de la classe. Je ne veux pas que Coupal pense que je suis guéri. Quand j'ouvre la porte du local, Coupal est penché sur ma copie d'examen. Je ne comprends pas ce qui le tracasse autant. Tout ce qu'il y a dessus, c'est mon nom.

III

— Ne me dis pas que tu as encore un accès de fièvre, Tommy, me dit Mme Brunet en m'ouvrant la porte de son bureau.

Mme Brunet était déjà infirmière au collège Hilltop quand j'y suis entré, en maternelle.

— Ça a commencé tout d'un coup, sans prévenir.

— Laisse-moi deviner… Ça t'a frappé durant un examen ou une présentation orale ?

Elle ouvre le tiroir où est rangé le thermomètre.

— J'espère que vous le lavez de temps en temps, lui dis-je en m'assoyant sur la chaise à côté de son bureau.

— Dis « aaah », ordonne l'infirmière en me fichant le thermomètre dans la bouche.

Du coin de l'œil, je remarque la lampe en laiton qui trône sur son bureau. Si jamais Mme Brunet quitte son bureau comme elle le fait parfois pour aller chercher un message ou pour parler au directeur, je pourrais tenir le thermomètre près de l'ampoule afin de le faire grimper de quelques degrés, histoire de me donner une fièvre légère. C'est un truc vieux comme le monde, mais qui fonctionne bien. Je le sais d'expérience.

Mais Mme Brunet n'a aucun message, et son téléphone ne sonne pas. Quand le thermomètre émet un bip, elle le retire de ma bouche et le tient à la lumière pour en faire la lecture.

— Trente-sept ! lance-t-elle, l'air triomphal.

— C'est ma tête, lui dis-je en touchant mon front comme je l'ai fait en classe. Ça élance.

L'infirmière se lève et se dirige vers la pharmacie fixée au mur, de l'autre côté de son bureau. Elle en sort un contenant de Tylenol.

— Avale deux comprimés avec un peu d'eau. Tu peux retourner en classe à la prochaine période… quand ce que tu voulais éviter sera passé.

On cogne à la porte.

— Il doit y avoir un virus qui court, lui dis-je.

Mais ce n'est ni un autre élève malade… ni un qui fait semblant de l'être. C'est Louis.

— Je suis venu voir comment il allait dès que j'ai eu fini mon examen de français, explique-t-il en me désignant du regard.

— Aaaah ! Un examen de français, fait-elle.

Elle examine ensuite Louis de la tête aux pieds, s'arrête à l'endroit où son ventre déborde de son pantalon et lui demande :

— Essaies-tu de couper les calories comme on en avait discuté la dernière fois ?

Louis devient aussi rouge qu'un homard. S'il n'était pas venu prendre de mes nouvelles, il n'aurait pas eu à se taper les conseils de Mme Brunet sur la perte de poids. Dans quelques secondes, garanti, elle va lui parler vitamines. Au même moment, réglée comme une horloge, elle lève la tête et nous demande à tous les deux :

— Prenez-vous vos multivitamines, au moins, vous deux ?

— Aucune chance qu'il te donne le même test demain, affirme Louis tandis qu'on longe le corridor en direction du labo d'informatique.

— J'le sais, mais au moins, j'aurai le temps d'étudier ce soir.

— As-tu vraiment parié avec ton père hier soir... ou c'était une blague?

— On a seulement parié dix piastres.

Je me demande bien ce qui l'excite autant.

— Les paris sportifs, c'est énorme, ajoute-t-il, la voix haletante. Y a des gars qui gagnent des milliers de dollars à faire ça...

Je regarde Louis et je souris. Je n'arrive pas à croire que je n'y ai jamais pensé avant. Bien sûr, j'ai entendu des gars parler de paris sportifs, mais pour une raison qui m'échappe, je n'ai jamais pensé y participer. Trop occupé avec le Texas Hold 'em, j'imagine. Ça pourrait être une toute nouvelle avenue pour moi. Je remarque tout à coup que je ressens en moi la bonne vieille montée d'adrénaline.

— ... ou qui perdent des milliers de dollars, ajoute Louis.

Mais je ne l'écoute déjà plus.

CHAPITRE 18

— Nous abordons maintenant la conception de pages Web, annonce Mme Dumont pendant qu'on entre dans le labo, l'un derrière l'autre. Je vous demande toutefois de travailler seul aujourd'hui.

Je devine que les gars sont déçus. Pas seulement parce qu'on doit travailler seul, mais aussi parce que Mme Dumont porte une jupe longue et un chemisier rose bouffant. Comment une femme avec un corps pareil peut-elle avoir envie de s'habiller comme une grand-mère ?

La prof s'éclaircit la voix.

— Comme je vous l'ai dit au dernier cours, vous devez d'abord réfléchir à un thème pour votre page Web personnelle. Vous allez travailler sur ce projet pendant les deux ou trois prochaines semaines. Je vous suggère donc de trouver un sujet qui saura vous intéresser durant tout ce temps.

En toute honnêteté, je n'ai aucun souvenir qu'elle nous ait demandé cela. Ce qui est drôle, par contre, c'est que je me souviens très bien de ce qu'elle portait au dernier cours : une robe marine à pois blancs. Son décolleté était tellement profond que j'avais même décidé de sauter la traditionnelle pause toilettes que je m'accorde toujours durant son cours.

À vrai dire, il n'y a pas grand-chose qui m'intéresse. À part le jeu.

C'est ça ! Je l'ai, mon sujet ! Et celui-là, je ne m'en désintéresserai jamais.

— J'aimerais que vous commenciez par faire une recherche préliminaire, dit Mme Dumont, afin de voir si des sites du même genre existent déjà.

Elle écrit « recherche préliminaire » au tableau.

Pour la première fois depuis le jour où on avait étudié les dinosaures en deuxième année, je me sens tout excité. L'ordinateur émet un petit ding ! quand je l'allume.

— Je vous distribue une feuille sur laquelle je vous demande de m'indiquer le sujet que vous avez choisi… ainsi que ce que vous avez fait jusqu'à présent.

Louis me tend la feuille. Je la prends sans même le regarder.

— C'est quoi ton sujet, Tommy ?

Je suis trop occupé pour lui répondre.

J'écris le mot « jeu » dans l'espace prévu à cet effet. Mme Dumont demande ensuite une liste de cinq sites qu'on a consultés et qui sont en lien avec notre sujet. Je n'ai même pas besoin de chercher pour trouver l'adresse du premier : il figure parmi mes sites favoris sur mon ordi à l'école. C'est mainchanceuse.com.

Je suis surpris de la quantité incroyable de liens que j'obtiens en faisant une recherche avec les termes « sports + paris ». Des centaines. Je n'ai pas envie de les consulter un par un, alors je me contente de copier les noms des quatre premiers. Voilà, c'est fait.

La professeure sourit lorsqu'elle passe près de mon poste de travail. J'ai rempli toute la feuille et je l'ai mise bien en évidence sur le coin de mon bureau. Elle n'est pas habituée à me voir jouer à l'élève modèle.

Elle prend la feuille. Le vernis d'un de ses ongles est écaillé. Je surveille son visage tandis qu'elle en parcourt le contenu. Elle va peut-être m'obliger à changer de sujet.

Mais voilà qu'elle me sourit encore.

— Bon début, Tommy. Je pense toutefois que tu devrais resserrer davantage ton sujet. Par exemple, tu pourrais peut-être créer une page Web contenant des trucs et des conseils pour empêcher les jeunes de tomber dans le piège de la dépendance au jeu.

Je pourrais, ouais.

Mais peut-être pas.

III

Quand j'y songe un peu plus tard, je me rends compte que Mme Dumont avait peut-être une bonne idée en parlant de trucs et de conseils. Sauf que je ne m'intéresse pas aux trucs pour empêcher les jeunes de jouer ; je m'intéresse plutôt aux trucs qui les aideraient à gagner. Ça, c'est en plein le genre de site qui m'intéresserait. Une fois que je l'aurais créé et mis en ligne, je suis sûr que je trouverais facilement d'importants commanditaires... comme Coca-Cola ou Telus. À vrai dire, il y a de bonnes chances que ces compagnies entendent parler de mon site et qu'elles m'approchent d'elles-mêmes. Et qu'elles m'offrent plein d'argent.

Je me mets à imaginer que je combine ma carrière de joueur de poker professionnel avec celle de dirigeant du site Web. Ça serait drôlement cool.

Quand l'école finit, au lieu de m'en aller, je fais quelque chose que je n'ai jamais fait : je reste pour travailler encore un peu. D'ailleurs, je ne serais pas tranquille à la maison maintenant que les ouvriers ont commencé à rénover la salle de bain. J'ai besoin de calme pour réaliser ce que j'ai l'intention de faire.

Il y a quelques autres élèves dans le labo d'informatique. Des nerds. J'en salue un d'un bref signe de tête, puis je me dirige vers l'ordinateur que j'ai utilisé durant le cours de Mme Dumont.

«Je fais juste travailler sur mon projet. » C'est ce que je me dis en me connectant à un site de paris sportifs.

À ce temps-ci de l'année, on peut parier sur les parties de hockey et de basket. Je clique sur basket-ball. Ce soir, les Lakers affrontent les Heat de Miami. Selon ce que je lis à l'écran, Miami est favori pour remporter la partie par moins cinq, ce qui signifie que si je parie sur Miami, ils doivent gagner par au moins cinq points, ce qui est très peu quand on sait combien les pointages peuvent grimper au basket. Si je parie sur les Lakers, ils devront gagner ou perdre par moins de cinq points.

Je revois le grand blond qui a fait gagner les Lakers hier soir... et qui m'a rapporté dix dollars. «Ouais, les Lakers peuvent gagner», me dis-je.

Mon cahier à reliure spirale est déjà sur le bureau. Je l'ouvre à la page où j'ai copié les renseignements de la carte de crédit de mon père.

On dirait bien que je vais ouvrir un autre compte.

III

Finalement, on n'a pas besoin d'attendre pour activer son compte sur ce site. Je peux parier tout de suite. Je sens de petites étincelles d'électricité parcourir mes bras et mes jambes.

L'ordinateur me demande quel montant je veux parier sur les Lakers. Je commence par entrer cent dollars, mais quand je vois les trois chiffres à l'écran, je trouve que ça ne fait vraiment pas beaucoup. J'hésite quelques secondes puis, comme ça, sur un coup de tête, j'ajoute un zéro. Là, ça a du bon sens! Si les Lakers gagnent, je me ferai mille dollars. Avec ça, je pourrai rembourser ma dette à mon père et acheter les lunettes de soleil pour Clara.

Après, je vais peut-être prendre une petite pause du jeu. Peut-être même que je vais me concentrer sur l'école. Juste pour voir ce que ça fait.

Qui donc est-ce que j'essaie de duper ? La petite voix dans ma tête est de retour. Et elle me dit que je suis rendu bien trop loin pour m'arrêter maintenant.

CHAPITRE 19

La partie commence à huit heures. Ça me laisse quarante-cinq minutes pour étudier en vue de l'examen de poésie. Je m'allonge sur mon lit, en calant bien les oreillers sous ma tête. Ça me prend un moment avant de trouver mon lit confortable, mais une fois que c'est fait, je me mets à lire le poème sur le tournesol. Une fois. Deux fois. Même après deux lectures, je ne suis pas sûr de tout comprendre. Je pourrais continuer à le lire, mais au lieu de ça, j'attrape le téléphone et j'appelle Louis.

— Alors, pourquoi Blake a mis un point d'exclamation après le mot « Ah », finalement ?

Louis doit être en train de manger. Je l'entends croquer dans quelque chose à l'autre bout de la ligne.

— J'te l'ai dit, Tommy, répond-il entre deux bouchées. C'est absolument impossible, avec Coupal, que la question de ton examen soit la même que celle qu'il nous a posée aujourd'hui.

— OK, mais j'voulais seulement savoir pourquoi, c'est tout.

Louis pousse un soupir. Il doit avoir terminé sa tablette de chocolat.

— Un point d'exclamation indique une émotion forte ou une surprise.

Je devine qu'il répète cette phrase de mémoire, exactement telle qu'il l'a notée dans son cahier. Louis n'utiliserait jamais le verbe « indiquer ».

— Ce poème est profondément émotif, ajoute-t-il.

— Mais de quoi ça parle ?

— Coupal dit que ça parle du temps et du désir d'atteindre quelque chose de plus haut, de s'élever. T'sais, comme un tournesol qui pousse... comme s'il voulait toucher le ciel.

— Mmmouais.

Je note ses explications dans mon cahier, mais je ne comprends toujours pas. Qui peut bien s'intéresser aux sentiments d'une fleur ? Peut-être qu'en écrivant ce que Louis me dit, ça va finir par me rentrer dans le cerveau... comme un ballon de basket dans un panier.

On dirait que Louis lit dans mes pensées.

— Hé, regardes-tu le match de basket, ce soir ?

Je réponds d'une voix décontractée :

— Ouaip ! En fait, j'ai même misé de l'argent sur cette partie.

— Qu'est-ce que t'as fait ? T'as pris un autre pari avec ton père ?

— Naaan. Je suis allé sur un site de paris sportifs comme ceux dont tu parlais. Ça faisait partie de mon projet de page Web pour le cours de Mme Dumont. Ces sites sont vraiment cool, Lou. Si Los Angeles gagne ce soir, je vais empocher...

Je fais une pause pour accentuer l'effet dramatique.

— ... mille beaux dollars !

À l'autre bout du fil, Louis déglutit bruyamment.

— Mille piastres ? Tu me niaises ?

— Pourquoi je te niaiserais ? Écoute Lou, j'ai presque fini d'étudier le poème. Viens donc regarder le match chez moi. J'ai plein de bonnes choses à grignoter.

— J'peux pas, dit Louis, déçu. J'ai promis à Alice de l'aider à faire ses devoirs. J'vais probablement voir seulement le dernier quart. Mais après c'que tu viens d'me dire, j'suis pas sûr que je vais être capable de supporter un pareil stress.

Après mon coup de fil, je lis le poème encore deux fois. Entre les deux relectures, je regarde ma montre. Il ne s'est écoulé que vingt-trois secondes depuis la dernière fois où je l'ai consultée. Je suis peut-être comme le tournesol en fin de compte : obsédé par le temps. Par contre, je n'ai aucune idée vers quoi de « plus haut » je devrais avoir envie de m'élever...

III

Quand le téléphone sonne, cinq minutes plus tard, je devine que c'est mon père avant même d'avoir décroché. Je sais aussi d'avance tout ce qu'il va me dire. Ma mère et lui ne rentreront pas pour le souper. Il y a plein de choses à manger dans le frigo. Je n'ai qu'à me servir. S'ils ne reviennent pas trop tard, ils vont venir me dire bonne nuit dans ma chambre. Ils sont tous les deux affreusement désolés. Ils vont me trouver quelque chose pour compenser leur absence, c'est promis.

— Dommage que tu sois pas là pour voir le match, p'pa, lui dis-je avant de raccrocher.

— Ne me dis pas que tu voulais encore me soutirer dix dollars ! plaisante-t-il.

Je l'entends qui rit tout seul avant de raccrocher.

Je ris moi aussi. Après tout, c'est quoi dix dollars pour un grand joueur comme moi ?

III

Je devrais continuer à étudier le poème, mais je n'y arrive pas. Parfois, c'est vraiment difficile de faire ce qu'on a à faire. Je suis constamment distrait par une chose ou une autre. Je vérifie l'heure à tout bout de champ, puis je me mets à rêver à ce que je ferai avec mes gains. Je pourrais m'acheter quelque chose pour moi… de nouveaux CD, par exemple. Le plus drôle, c'est qu'il n'y a rien qui me tente vraiment.

Je peux télécharger de la bonne musique sur Internet et je ne suis pas vraiment accro à la mode… ou aux lunettes de soleil. Je prends soudainement conscience que je ne joue pas pour m'acheter des trucs avec l'argent gagné. C'est sûr que je veux de l'argent… pour gâter Clara, lui acheter des cadeaux et la sortir dans des endroits chics. Mais si je joue, c'est surtout pour le buzz de gagner. Peut-être que c'est ça, mon « quelque chose de plus haut » à moi.

III

J'éteins la télé à la fin du troisième quart et laisse tomber la télécommande par terre. Une des piles sort de son compartiment, roule jusqu'à l'autre bout de la pièce et aboutit sous une chaise berçante ayant autrefois appartenu à mon grand-père. Je ne me donne même pas la peine de ramasser la télécommande.

Quand j'ai fermé la télé, le pointage était de quarante-huit à douze. Pour Miami. Un de leurs joueurs a marqué les premiers points depuis la ligne de lancer-franc. Je ne pense pas avoir déjà vu les Lakers jouer aussi mal ni commettre autant de fautes. Qu'est-ce qui leur arrive?

C'est absolument impossible qu'ils remontent la pente à présent... et moi, je suis incapable de suivre la partie plus longtemps. Ça fait trop mal. J'ai les mains et les pieds gelés, et je sens mon corps qui commence à trembler. Peut-être que la climatisation est trop forte? Ou peut-être que je suis malade... pour vrai, cette fois.

Pourquoi je n'ai pas parié sur Miami? Ils étaient les favoris, après tout. Si j'avais misé sur eux, tous mes problèmes seraient réglés. Je pourrais rembourser mes dettes, acheter les lunettes de soleil à Clara et les lui offrir en fin de semaine.

Mais non, j'ai fait à ma tête, j'ai parié sur les Lakers et maintenant, j'ai perdu mille dollars. J'essaie d'effacer cette pensée, mais ça ne marche pas. D'une certaine façon, c'est comme si tout ça arrivait à quelqu'un d'autre. Comme si je planais et que je regardais de haut un gars qui frissonne sur un canapé. Ce gars est un nul. Il a perdu la main. Sa suite de victoires est tellement, mais tellement finie!

Ce gars, c'est moi.

Quand le téléphone sonne, quinze minutes plus tard, je suis encore couché sur le canapé, les mains sur les cuisses, et je fixe le plafond.

Cette fois, je sais que c'est Louis. Il a dû regarder la fin de la partie. Je parie qu'il appelle pour m'offrir ses condoléances… et me dire que je n'aurais jamais dû parier de l'argent sur le match. Je ne prends même pas la peine de répondre.

CHAPITRE 20

— Vous semblez encore un peu patraque aujourd'hui, monsieur Leclerc, déclare Coupal en me voyant entrer dans la salle de classe à midi cinq. L'infirmière m'a pourtant assuré que la maladie inconnue dont vous souffriez hier n'était pas mortelle.

Je n'ai jamais entendu le mot « patraque » de ma vie, mais je suppose qu'il veut dire « fatigué ». Ce que je suis, manifestement. J'ouvre la bouche pour bâiller, juste d'y penser, mais je la couvre aussitôt de la main pour éviter que Coupal ne me fasse la vie dure. Il déteste nous voir bâiller sans qu'on se couvre la bouche, et il nous réprimande toujours quand on le fait... mais en appelant nos bouches des « trappes ».

La nuit dernière a dû être la pire de toute ma vie. J'ai commencé à avoir mal au cœur en songeant à tout l'argent que j'avais perdu. Chaque fois que j'y pensais – ou que je pensais à quel point mes parents allaient être furieux si jamais ils le découvraient – j'avais envie de vomir. J'avais un affreux goût amer dans la bouche, mais j'étais trop mal pour sortir de mon lit et approcher ma poubelle, au cas où je finirais par vomir pour de vrai. Je suis donc resté allongé et j'ai fixé le plafond comme un zombie. Comment est-ce que j'ai pu tout faire foirer à ce point ?

Mes parents ont déjà été fâchés contre moi auparavant… au sujet de mes bulletins et de ce qu'ils appellent mes « efforts insuffisants » à l'école. Mais une histoire comme celle-là les achèvera.

Je ne pouvais pas m'empêcher de penser que les choses auraient été totalement différentes si j'avais parié sur Miami. Si seulement je l'avais fait ! Je me revoyais même devant l'ordinateur, tout excité. Sauf qu'en imagination, je misais tout sur Miami. Quand je ne pensais pas à ça, je commençais à m'inquiéter de mon manque de sommeil. D'ailleurs, je ne trouvais plus mon lit confortable. Mes oreillers étaient aplatis et les draps me causaient des démangeaisons.

Pendant que je fais l'examen, Coupal est assis à son bureau, en avant de la classe. Il mange son sandwich, puis il se coupe les ongles. Il me semble que c'est le genre de choses qu'on fait plutôt chez soi, dans l'intimité, non ? J'imagine que quand on supporte mal les gens qui bâillent sans se couvrir la bouche, on sait à quel endroit se manucurer.

Louis avait raison : Coupal a changé la question. « En quoi nous, les humains, sommes-nous semblables au tournesol ? » Le plus bizarre, c'est que je pense bien connaître la réponse, cette fois. C'est peut-être parce que je suis aussi fatigué.

Dans le poème, le tournesol est « las du temps » et c'est exactement comme ça que je me sens en ce moment. J'écris donc un paragraphe sur le fait que les gens peuvent se lasser de faire tout le temps la même chose : se lever le matin, partir à la course pour l'école, faire leurs devoirs, puis se lever le lendemain et recommencer... Je parle aussi du stress qu'ils éprouvent devant tout ce qui va mal et de la fatigue qu'ils ressentent parce qu'ils ne dorment pas assez.

Dans mon deuxième paragraphe, j'écris ce que Louis m'a expliqué au sujet du tournesol qui aspire à atteindre quelque chose de plus haut.

Je sais qu'on est censés utiliser les mots de l'enseignant quand on répond à une question d'examen, alors je commence avec «Nous, les humains...» Puis j'explicite: «Le tournesol veut aller ailleurs, dans un endroit meilleur. Même s'il n'est qu'une fleur, le tournesol semble être à la recherche d'une expérience de vie plus planante. Comprenez-moi bien: je ne parle pas d'alcool, de drogue ou de choses dans ce genre-là. Ce que je veux dire, c'est que le tournesol n'a pas envie de passer toute sa vie à se soucier de la pluie ou de la qualité du sol dans lequel il pousse. Il veut faire quelque chose qui va lui procurer un sentiment d'accomplissement formidable. Quelque chose qui va le changer de son train-train quotidien, loin de la terre.»

J'ai l'impression d'avoir bien répondu à la question... même si je n'ai pas trouvé un seul endroit où placer un point-virgule.

Coupal lève les yeux quand il me voit m'agiter sur ma chaise.

— Prenez le temps de vous relire, me conseille-t-il en me fixant par-dessus ses lunettes.

S'il ne m'avait pas dit ça, je ne me serais jamais donné la peine de me relire. Tout ce qui m'intéresse, c'est d'aller retrouver mes amis à la cafétéria. Mais en relisant mon texte, je m'aperçois soudainement d'une chose... Quand je décris les sentiments du tournesol et son désir d'atteindre quelque chose de plus haut, c'est de moi que je parle. De moi et de comment je me sens quand je joue à l'argent.

J'ai toujours pensé que la poésie, c'était pour les nuls… pour les gars boutonneux qui n'arrivent pas à plaire aux filles ou pour les filles qui n'ont pas d'amis et qui passent toute la fin de semaine chez elles, à étudier. En rendant ma copie à Coupal, je ne peux m'empêcher de penser que j'avais tort.

III

Quand j'entre dans la caf, je vois Clara flâner près de la table où je m'assois d'habitude.

— Tu m'attendais ?

Je me plante devant elle en glissant mes pouces dans les passants avant de mon pantalon.

Clara rougit.

— N-n-non. Pas vraiment. Je voulais savoir si tu allais mieux. Et comment s'était passé ton examen.

— Pour l'examen, ça s'est bien passé. Pour le reste, eh bien, j'me sens mieux. Un peu fatigué, c'est tout. C'est gentil de t'informer.

Je m'apprête à lui demander si elle a des projets pour la fin de semaine quand mon cellulaire, qui est en mode vibration, se met à danser au fond de ma poche.

Au début, je ne reconnais pas le numéro affiché. Il ressemble à celui du bureau de mes parents, sauf que le dernier chiffre est un sept au lieu d'un cinq.

—Je ferais mieux de voir qui c'est, dis-je en levant les yeux vers Clara.

—Hé! Clara!

Une voix retentit derrière nous au moment où je prends l'appel. En bruit de fond, j'entends Rick parler à Clara.

—On est une gang à aller prendre un thé glacé *Chez Costa* tout à l'heure. Tu viens aussi?

—Est-ce que je parle à Tommy Leclerc? me demande une voix étrange.

—Euh, ouais, c'est moi.

Pendant une fraction de seconde, je me demande s'il est arrivé quelque chose à mes parents.

—Appelez-vous du bureau de mes parents?

—En effet, oui. Je m'appelle Edgar Milot. Je suis l'adjoint de ton père. Je dois te parler au sujet de frais inhabituels inscrits sur le dernier relevé de sa carte de crédit. Je me suis dit que ce serait sûrement plus sage d'en discuter avec toi avant d'en parler à ton père.

Je prends une grande respiration et m'assois à ma place habituelle. À l'instant où je me disais que les choses ne pouvaient pas aller plus mal, ce crétin me téléphone. Au loin, j'aperçois Clara et Rick qui sortent de la cafétéria. Quand il essaie de passer son bras autour de ses épaules, elle le repousse.

Je chipote dans mon assiette tout en parlant avec M. Milot. C'est un hamburger végétarien aujourd'hui, mais le mien est froid parce que je suis arrivé en retard pour dîner.

— Écoutez, dis-je en baissant la voix afin que les gars assis à ma table ne m'entendent pas, il faudrait que je trouve un endroit plus tranquille pour vous parler.

J'espérais qu'Edgar Milot répondrait quelque chose, mais il n'en fait rien. Je me lève donc de table et vais dans le corridor. Par chance, il est désert.

— A-a-alors, qu'est-ce qui se passe exactement?

J'essaie de prendre un ton décontracté, mais ma voix tremble et mon visage est rouge.

M. Milot commence par s'éclaircir la voix, puis il m'explique :

— J'ai téléphoné chez Visa à propos d'une dépense inhabituelle au compte de M. Leclerc, ou plutôt, au compte de ton père devrais-je dire. Ils m'ont dit que c'était une dépense de jeu survenue dans l'État de New York et que tu étais à l'origine de cette dépense.

— Vous êtes sûr que ce n'est pas une erreur ?

— Tout à fait sûr. J'ai aussi appris qu'un autre montant a été enregistré hier soir. Cela porte le total à mille six cents dollars. Je ne crois pas que ton père sera content d'apprendre ça.

— Êtes-vous vraiment obligé de le lui dire ?

Je dis ça d'une voix subitement aiguë.

— Ça fait partie de mon travail de vérifier les factures.

Non mais, il se prend pour le ministre des Finances ou quoi ? Il doit bien y avoir quelque chose que je peux lui dire pour le convaincre de ne pas me dénoncer.

— Attendez ! Et si je remboursais la compagnie d'ici, disons… la semaine prochaine ? Avec les intérêts même, s'il le faut.

M. Milot ne dit pas un mot. J'interprète ça comme un bon signe. Il doit être en train de réfléchir à mon offre.

— La vérité, Tommy, dit-il enfin, c'est que ton père en a bien assez sur les bras présentement sans avoir en plus à s'occuper de ton...

Il s'interrompt un moment pour trouver le mot juste.

— ... de ton écart de conduite.

— Donnez-moi une semaine, une petite semaine.

— Oublie les intérêts. Si tu peux régulariser la situation d'ici une semaine, je ne me sentirai pas obligé d'expliquer tout cela en détail à ton père.

De nouveau, M. Milot fait une pause. Quand il reprend la parole, son ton est plus sec.

— Mais si tu es incapable de rembourser la compagnie d'ici une semaine, ne t'imagine pas que je vais mettre mon poste en jeu pour te couvrir.

— Je comprends.

— Une dernière chose...

— Quoi donc?

Pendant toute la conversation, mon cerveau travaillait à fond de train pour trouver un moyen de dénicher l'argent. Je dois absolument retourner en ligne.

— À part pour payer des livraisons de restaurant, tu ne dois ajouter absolument aucune
dépense sur la carte de ton père. Absolument
aucune. On est d'accord, Tommy ?

CHAPITRE 21

Chaque mercredi et vendredi, on a une période d'activité à l'école, après le dîner. Parfois, un conférencier est invité, par exemple, une politicologue qui porte le hijab, venue nous parler du Moyen-Orient. S'il n'y a pas de conférence, les élèves qui font partie d'un club ou qui siègent au conseil étudiant se réunissent. Les autres élèves en profitent pour faire leurs devoirs ou, s'ils sont comme moi, pour flâner et travailler le moins possible.

Aujourd'hui cependant, je songe à retourner au labo d'informatique pour travailler sur ma page Web. Sauf que cette semaine, juste l'idée d'approcher un ordinateur me rend hypernerveux. C'est parce que je sais que si je pouvais seulement avoir accès à une carte de crédit, j'irais jouer en ligne et gagnerais assez d'argent pour effacer ma dette.

J'ai demandé à Louis s'il ne pouvait pas obtenir pour moi le numéro de carte de crédit de ses parents, mais à voir sa réaction, c'est comme si je lui avais demandé de se jeter en bas du pont Champlain.

— Y a ben des choses que j'ferais pour toi, Tommy, mais pas ça.

J'ai compris que je perdais mon temps à essayer de le convaincre.

Ce que je dois faire maintenant, c'est réfléchir. Je me dis que le meilleur endroit pour ça, c'est le banc de mon arrière-grand-père. C'est un banc en fer forgé qu'il a offert au collège. Son nom y est gravé sur une plaque en laiton. Le banc est installé sous le saule pleureur qui borde le terrain de sport.

Je dois absolument trouver un moyen de faire de l'argent. Juste à voir les idées bizarres qui me traversent l'esprit, je sais que je ne vais pas bien du tout. Il y a deux secondes, par exemple, j'étais carrément en train de calculer combien de pelouses je devrais tondre pour amasser mille six cents dollars. Pas mal trop à mon goût.

Tandis que je descends l'escalier principal du collège pour me diriger vers le terrain de sport, Rick me rejoint et s'approche furtivement de moi.

— Hé, mon vieux, tant qu'à traîner, viens donc au club d'échecs !

— Au club d'échecs ? Tu te fous de moi ? Les échecs, c'est pour les nuls.

— Tu m'traites de nul, c'est ça ?

— Ouais, exactement. J'te traite de nul.

Embêter Rick, ça m'aide à oublier mes problèmes.

Rick descend une autre marche pour qu'on soit au même niveau. Il est tellement près de moi à présent que je sens la chaleur de son haleine quand il parle.

— Le club d'échecs, c'est une couverture, me confie-t-il tout bas.

— Une couverture ? De quoi tu parles ?

Je pose la question, mais dans ma tête, je suis déjà en train d'y répondre. Est-ce bien ce à quoi je pense ? Et si oui, la solution à tous mes problèmes viendrait-elle d'apparaître comme par magie... comme une rangée de cerises sur une machine à sous ?

Sauf que, brusquement, je me souviens que tout n'est pas aussi simple. Pour une bonne raison : je suis à sec. Complètement à sec.

— J'pensais qu'un gars intelligent comme toi était capable de deviner c'qui se passe vraiment au club d'échecs, dit Rick en me donnant un petit coup de coude.

Je n'ai vraiment pas envie de parler de mon petit problème à Rick. Ça lui donnerait un avantage psychologique sur moi et c'est la dernière chose qu'on veut quand on joue au poker. Je prends mentalement note d'ajouter ce truc sur ma page Web. Faites tout votre possible pour éviter de montrer le moindre signe de faiblesse à votre adversaire.

Mais je me trouve présentement dans une situation spéciale : je n'ai pas le choix.

Je prends ma voix qui laisse sous-entendre qu'on est de vieux copains et je lui dis :

— Écoute, Rick, j'aurais adoré venir euh… au club d'échecs, mais c'est juste que…

J'hésite. Je veux montrer à Rick que ce que je m'apprête à lui dire, c'est de l'information privilégiée et que si je la lui révèle, c'est parce qu'on est de bons amis, lui et moi.

— J'suis un peu à sec.

Voilà. Je l'ai dit. Ça y est. Bien sûr, je ne lui ai pas dit à quel point je suis à sec.

— T'inquiète pas, mon vieux, lance Rick en me tapant sur l'épaule. La banque Rick Lee va s'faire un plaisir de t'accorder un p'tit prêt. À un taux très raisonnable, bien sûr.

Je souhaiterais tellement pouvoir refuser l'offre de Rick.

— À quel genre de taux d'intérêt tu pensais ? Non pas que j'aie l'intention de perdre, mais…

Ma question le fait rire.

— Qui a l'intention de perdre ?

Il rit encore, puis s'éclaircit la voix.

— Vingt-cinq pour cent… par mois, dit-il.

Je pourrais m'indigner, protester que c'est bien plus que les compagnies de crédit, mais je décide de ne rien dire. D'ailleurs, rien qu'à entendre sa voix, je sais qu'il est sérieux.

III

Les rencontres du club d'échecs ont lieu au local 205. Près de la porte, deux élèves de première secondaire jouent une partie, penchés sur l'échiquier, en train de réfléchir à leur prochain coup. Mais comme m'explique Rick, ils ne font pas que ça. Ils font le guet au cas où des enseignants s'approcheraient. C'est sûr que le personnel de l'école ne serait pas ravi d'apprendre ce qui se passe véritablement au fond du local.

C'est là que quatre gars sont regroupés autour d'un autre jeu d'échecs. À voir comment les pièces sont placées, on jurerait qu'une partie est en train de se dérouler : deux des gars jouent, tandis que les deux autres les observent. Mais le jeu d'échecs n'est qu'un accessoire... comme un vase de fleurs sur une table. Il y a bel et bien une partie qui se déroule, mais pas une partie d'échecs.

Je ressens la petite décharge de plaisir si familière me parcourir le corps dès que je m'assois. On joue au poker de style tournoi, ce qui veut dire qu'on doit avancer l'argent avant de jouer... Rick me passe les deux cents dollars sous la table, à l'insu des autres.

Mes deux premières mains ne sont pas très prometteuses, alors je me couche. Je minimise mes pertes, ce qui est une bonne stratégie pour un gars dans ma situation. Mes mains suivantes sont plus fortes. Mon moral s'améliore au fur et à mesure que ma pile de jetons grossit. Maintenant, ce sont les autres gars qui se couchent.

En quinze minutes, j'ai fait plus de six cents dollars. Ouais ! Cette fois, ça y est.

Pour la main suivante, je reçois une dame et un dix. Bon départ. Je ne réagis pas quand aucune dame n'apparaît ni dans le tournant ni dans le flop. Quand vient mon tour de miser, je relance. Un gars se couche, puis un autre, puis un autre encore, jusqu'à ce qu'il ne reste plus que Rick et moi.

Quand il relance, je relance aussi. On dirait qu'il me nargue. Je devrais être plus prudent, mais je suis incapable de m'imaginer en train d'arrêter de miser. Pas maintenant.

— Tapis, dis-je en poussant tous mes jetons vers la grosse pile près du jeu d'échecs.

C'est le moment de la rivière. Enfin, une dame! Rick se mord la lèvre. On dirait bien qu'il n'a pas eu ce qu'il attendait.

J'ai le cœur qui palpite quand je montre mon jeu.

— Une paire de dames.

J'espère que ça sera assez pour gagner.

Rick grimace. C'est bon signe, non?

— Une paire de dames aussi, dit-il en retournant ses cartes, mais mon *kicker* est plus fort que le tien.

J'ai un dix; Rick a un valet.

Un des élèves de première secondaire a quitté son poste de guet près de la porte pour venir voir la partie. Il s'écrie :

— Rick gagne le pot !

Comme si je n'avais pas compris.

CHAPITRE 22

— T'as fait *quoi* ? s'écrie Louis en levant les bras au ciel. Es-tu devenu fou ?

— Pas besoin d'crier.

J'ai les nerfs en boule. J'ai passé toute la nuit à penser à l'argent que je dois. Même quand j'étais enfin endormi, on aurait dit que mon cerveau restait éveillé et qu'il additionnait mes dettes sans arrêt, comme une calculatrice impossible à éteindre : mille six cents dollars à M. Milot et huit cent soixante-quinze à Rick, en comptant les intérêts de vingt-cinq pour cent.

— Écoute, j'sais que c'est nul. Complètement nul. Mais j'dois quand même trouver une solution. Au plus vite. Au fait, Lou, t'es sûr que tu peux pas avoir le numéro de carte de crédit pour moi ?

Louis devient rouge de colère.

— OK, c'est bon, oublie c'que j'viens de dire.

Son visage retrouve une couleur normale, mais il continue à respirer avec difficulté.

— J'suis triste pour toi, Tommy, vraiment, dit-il en prenant une feuille de papier dans le tiroir de son bureau. Essayons d'réfléchir. Voyons si on peut pas trouver une idée.

Je suis tellement désespéré que je ne lui dis pas ce que je pense : réfléchir, c'est bon pour les devoirs, pas pour la vraie vie.

Louis passe et repasse son doigt boudiné au-dessus de sa lèvre supérieure.

— Pourquoi t'en parles pas à tes parents, tout simplement ? Raconte-leur ce qui est arrivé et demande-leur de payer tes...

— Pas question, dis-je en lui coupant la parole. Imagine un peu à quel point tout ce bordel va faire paraître M. Merveilleux encore plus merveilleux.

Louis hoche la tête. Il connaît bien toute l'histoire avec mon frère.

— Et si tu t'trouvais un travail ? demande Louis en écrivant le mot « travail ».

— J'pourrais jamais gagner autant d'argent... pas aussi rapidement, en tout cas.

— Faut qu'on aborde le problème autrement.

— Louis ! J'ai besoin de toi ! crie Alice depuis sa chambre à l'autre bout du corridor.

Louis me regarde d'un air contrit et dit :

— Désolé. Ça ressemble à une crise d'arith-métique. Ça t'dérange si j'y vais ?

— Pas de problème, lui dis-je en lui prenant la feuille des mains. J'vais réfléchir à ça. Vas-y. T'inquiète pas pour moi.

— OK Alice, j'arrive !

Louis se soulève du coin de son lit où il était assis. Je suis frappé de voir à quel point ses épaules sont voûtées quand il sort de sa chambre.

Quelques minutes plus tard, j'entends le son monotone de la voix de Louis qui essaie d'expliquer le problème d'arithmétique à sa sœur :

— Si x est plus grand que y, et que…

Je jette un coup d'œil à la feuille et barre le mot « travail ». J'écris à la place « FAIRE DE L'ARGENT », puis le mot « COMMENT », flanqué d'un gros point d'interrogation. Il doit bien exister un moyen de faire de l'argent.

Je passe les quelques minutes suivantes à fixer la feuille. Aucune idée ne me vient. D'un côté, j'ai envie de la chiffonner, mais de l'autre, j'espère tou-jours qu'on trouvera une solution, Louis et moi. J'ai l'impression que sa sœur va le tenir occupé un bon bout de temps. Je commence à avoir la bougeotte sur ma chaise, en équilibre sur les pattes arrière.

Je suis bien trop nerveux pour rester assis. Je me lève donc et commence à arpenter la chambre de Louis. Je jette un coup d'œil dans sa poubelle : elle est remplie d'emballages de friandises. Sa chambre me donne le sentiment d'être pris au piège. Je suis comme un animal en cage. J'ai besoin d'espace tout à coup. Besoin de bouger, de me dégourdir les jambes. Peut-être que ça m'aidera à réfléchir.

Louis ne me voit pas passer devant la chambre d'Alice, mais Alice, oui. Je désigne le devoir de maths sur son bureau et elle roule des yeux.

Je descends au rez-de-chaussée. D'habitude, la porte du bureau du père de Louis est fermée, mais aujourd'hui, elle est entrouverte. Je m'arrête pour vérifier si quelqu'un s'y trouve, mais la pièce est vide. Près de la fenêtre, M. Stuart a un petit bidule cool qui ressemble à une guillotine miniature. Quand on était à l'école primaire, Louis m'avait expliqué que c'était un vieil éteignoir à bougies, une antiquité en fait. Ce qui ne m'avait pas empêché de continuer à penser que c'était une guillotine.

Pendant une fraction de seconde, je me demande ce qu'on ressent quand on se fait trancher la tête.

Il paraît que les poules courent pendant un moment une fois qu'on leur a coupé le cou, mais bien sûr, ça ne doit pas être pareil pour les humains. C'est avec des pensées aussi morbides que je me faufile en douce dans le bureau de M. Stuart. Une vieille chaise en cuir rouge, probablement une antiquité elle aussi, trône derrière le bureau. Le cuir qui recouvre les accoudoirs est tout usé.

Je sursaute en entendant un bourdonnement sourd. Y aurait-il une alarme dans le bureau? Mais non, je me rends vite compte que le bruit provient d'un tas de dossiers empilés. Le BlackBerry de M. Stuart est caché sous la pile et il sonne.

Je sors de la pièce aussi silencieusement que possible. Même si le BlackBerry n'émet qu'une sonnerie très basse, il se pourrait bien que Louis et sa sœur l'aient entendue. Ça paraîtrait mal s'ils me trouvaient dans le bureau de leur père, surtout à cause du genre de cas dont il s'occupe.

C'est alors que l'idée me frappe. Faire de l'argent. Certaines personnes sont très habiles pour *faire* de l'argent. D'ailleurs, comment s'appelait le faussaire que M. Stuart défendait? Le nom du type était dans tous les journaux. Je me creuse les méninges pour essayer de le retrouver.

« Voyons, Tommy… » Se rappeler le nom de ce faussaire est bien plus important que retenir des noms et des dates pour un examen d'histoire. Puis, comme par magie, il me revient à l'esprit : Kevin Tremblay.

À entendre les voix qui viennent de l'étage, je devine que Louis est toujours en train d'aider Alice. Je décide donc de retourner dans le bureau de M. Stuart, mais cette fois, je prends son BlackBerry. Je crains un instant d'avoir besoin d'un mot de passe pour accéder à ses fichiers personnels, mais non : M. Stuart les a laissés déverrouillés. Il a dû quitter la maison à la hâte et a oublié son BlackBerry.

Je fais défiler le menu jusqu'à ce que je trouve un fichier intitulé « Carnet d'adresses ».

Ensuite, c'est très facile. Le numéro de téléphone de Kevin Tremblay est exactement là où il devrait être, c'est-à-dire sous la lettre « T ». Je recopie le numéro sur une feuille du bloc-notes qui se trouve sur le bureau de M. Stuart.

Avant de sortir du bureau, je m'assure que tout est bien à sa place. J'aligne le bloc-notes en angle avec le sous-main et replace le stylo doré que j'ai pris pour noter le numéro de Tremblay. Je glisse le

BlackBerry sous le dossier. Le problème, c'est que je n'arrive plus à me souvenir si la chaise de M. Stuart était poussée sous le bureau ou pas… Est-ce que je l'aurais déplacée en prenant le BlackBerry? Je me souviens d'avoir remarqué combien le cuir des accoudoirs était usé. Dans ce cas, la chaise ne devait pas être poussée complètement. Quand je sors enfin du bureau, j'ai le cœur qui s'emballe. Je laisse la porte entrouverte, exactement comme je l'ai trouvée.

La sonnerie du téléphone retentit. Cette fois, c'est la ligne fixe.

J'entends Alice répondre dans sa chambre.

— Allô papa!

Puis, un peu plus tard, elle ajoute:

— Attends une minute, je vais aller voir s'il est là.

C'est alors qu'elle a une meilleure idée.

— Tommy! Es-tu au rez-de-chaussée? Peux-tu me rendre service et me dire si mon père a oublié son BlackBerry sur son bureau?

Je me retiens de rire. Il faut dire que c'est plutôt ironique qu'Alice me demande de chercher le BlackBerry de son père. En fin de compte, je me suis inquiété pour rien à propos de la chaise déplacée ou pas.

Je fais attention de ne pas répondre tout de suite. Je retourne plutôt dans le bureau de M. Stuart en ouvrant la porte toute grande pour qu'elle produise un long craquement. Puis, je prends le temps nécessaire pour fouiller sur son bureau, avant de glisser la main sous le dossier et de m'écrier :

— Il est ici !

Une chance que je suis bon pour bluffer.

CHAPITRE 23

— C'est quoi ton nom, encore ?

— Tommy Leclerc. Comme j'vous l'ai dit, j'dois vous rencontrer. J'veux vous acheter…

J'hésite une petite minute en essayant de trouver les mots justes.

— … les trucs que vous vendez.

— Comment t'as eu mon numéro ?

— Je… euh… j'peux pas le dire.

— Et pourquoi j'continuerais à discuter avec toi ?

J'ai peur qu'il raccroche… et comme je serais vraiment foutu s'il faisait ça, je me dis que je suis peut-être mieux de lui dire toute la vérité. Je n'ai plus rien à perdre.

— Écoutez, j'suis en quatrième secondaire et j'ai pas mal d'ennuis en ce moment.

Kevin Tremblay s'esclaffe. Son rire ressemble à un long caquètement.

— À quelle école tu vas, le jeune ? me demande-t-il quand il a enfin fini de rire.

— Au collège Hilltop.

Kevin Tremblay émet un sifflement.

— C't'une belle p'tite école, ça ! C'est quoi ton nom encore ?

— Leclerc. Tommy Leclerc.

— Je vois. Aucun lien d'parenté avec la riche famille Leclerc, par hasard ? Celle d'Outremont ? Des manufacturiers, j'crois, c'est ça ?

— Ouaip, dis-je en espérant que ça lui ôtera l'envie de raccrocher. Mon arrière-grand-père a fondé les usines Leclerc. Aujourd'hui, ce sont mes parents qui gèrent l'entreprise.

Il pousse un autre sifflement, puis reste silencieux durant quelques secondes. Je me dis qu'il doit réfléchir. Quand il reprend la parole, sa voix est un peu plus amicale.

— Tommy, comme tu l'sais sûrement, avec le procès en cours, un gars comme moi doit se tenir tranquille. Mais j'vais faire quelque chose pour toi, parce que t'as l'air d'être un bon gars… et qu'tu viens d'une bonne famille. Le genre de famille qui va assurer tes arrières si jamais ça tourne mal. J'vais t'donner le nom d'un de mes… euh… de mes associés.

III

L'associé en question s'appelle Patrick… Ça a l'air que les gens n'ont pas de nom de famille dans le monde de la contrefaçon, à moins bien sûr de se faire arrêter et de voir leur nom faire la une des journaux, comme c'est le cas pour Kevin Tremblay.

Patrick n'a pas l'air beaucoup plus vieux que moi. Je le rencontre à l'extérieur d'un bar du boulevard de Maisonneuve, dans l'est de Montréal. À part son *percing* au menton et ses cheveux dépeignés, il a l'air d'un gars normal.

— On va faire un tour, déclare Patrick en regardant par-dessus son épaule pour s'assurer que personne ne nous suit. C'est quoi ton costume de clown ? ajoute-t-il en examinant mon veston.

— L'uniforme de l'école.

Du coup, je me dis que j'aurais dû aller me changer à la maison avant de venir.

— Ah ouais, c'est vrai. Tremblay m'a dit que t'allais à une des écoles de riches en haut d'la montagne.

Quand on tourne le coin, Patrick sort un billet de vingt dollars de sa poche et me le tend. Je le prends et murmure :

— C'en est un d'ceux que t'as faits ?

— Ouaip. Pas pire, hein ?

Je frotte le billet vert entre mes doigts. Le papier est plutôt craquant, comme c'est toujours le cas pour les billets neufs. J'examine le visage de la reine, les rides au-dessus de ses lèvres, son collier de perles. Puis je scrute l'hologramme à la gauche du billet. J'ai entendu dire que c'était la partie la plus difficile à imiter. Je vérifie ensuite au dos du billet. Tout me semble correct.

— J'veux en voir d'autres, dis-je.

Après tout, le gars pourrait essayer de me rouler. Qui me dit qu'il ne m'a pas montré un vrai billet pour ensuite essayer de me refiler au gros prix une pile de faux billets nuls ?

Les autres billets ont l'air tout aussi bien. Patrick n'est pas très content quand je lui annonce que je ne peux pas tout lui payer d'avance. Il exige cinq dollars pour chacun de ses billets de vingt.

— J'vais t'en donner six... mais j'ai besoin d'une semaine avant d'pouvoir te payer.

Patrick me dévisage, l'air méfiant. Je lui demande :

— T'as déjà joué au Texas Hold 'em ?

— Évidemment. J'sais pas si t'as remarqué,

mais le monde entier joue au Texas Hold 'em ces temps-ci.

— C'que j'essaie d'te dire, c'est que j'bluffe pas. J'aurai ton argent…

Je consulte ma montre : six heures moins cinq.

— … à la même heure, vendredi prochain.

— Tremblay m'a dit c'est qui ton père.

Il prononce la phrase lentement, comme s'il voulait me faire comprendre qu'un autre message se cache derrière ses mots, puis il ajoute :

— Si tu me paies pas à temps, j'irai l'dire à papa, OK ?

Je reste calme malgré la menace. Je comprends que, comme moi, Patrick ne fait que ce qu'il a à faire. Je lui tends la main et lui dis :

— Marché conclu.

III

Si vous pensez que c'est difficile de vendre des faux billets, vous vous trompez. En fait, après un seul après-midi, je n'ai même plus à chercher les clients : ce sont eux qui me cherchent. Des élèves de première secondaire pour la plupart. Ils sont tous plus ou moins intimidés par les gars de mon âge, ce qui me donne un net avantage sur eux.

À chacun des jeunes à qui je vends de faux billets, je répète la même chose :

— Si tu m'dénonces, tu vas avoir de gros ennuis. Et quand j'dis gros, j'veux dire vraiment gros.

Aucun ne me demande ce que j'entends par là, alors je n'ai pas besoin d'en dire plus. Quelques-uns pâlissent sur place en entendant ça, tandis que d'autres se mettent à avoir des tremblements comme s'ils avaient la fameuse maladie dont les personnes âgées souffrent parfois.

— Écoute, t'as pas à t'inquiéter. T'as juste à oublier qu'tu m'as croisé un jour, OK ?

Le pauvre parvient à peine à bredouiller un OK.

Je vends les billets de vingt douze dollars chacun. Ça me fait un profit de cent pour cent... comme dans les magasins. (Vous voyez que j'ai retenu quelque chose du cours d'économie de l'an dernier.)

— J'vais en prendre dix.

L'élève que je rencontre dans le stationnement derrière le collège a des cheveux noirs bouclés et des yeux bleu clair.

— Ça fait cent vingt. En billets de dix.

Je n'accepte aucun vingt dollars parce que je ne veux pas que mes acheteurs me paient avec mes propres faux billets. Le jeune tient un de mes billets à la lumière, comme ils font dans les magasins lorsqu'ils vérifient si ce sont des vrais.

— C'que j'comprends pas, lui dis-je en comptant la pile de billets de dix dollars qu'il vient de me donner, c'est où vous trouvez tout cet argent, vous, les jeunes de première secondaire. Quand j'avais ton âge, j'faisais ma semaine avec une allocation de vingt piastres.

Il rit, la tête renversée.

— Vingt piastres? Tu m'niaises. J'en reçois cent par semaine. Mais c'est moi qui paie mes films, conclut-il comme si ça expliquait tout.

Après la récré, Louis vient rôder près de ma case.

— J't'ai vu parler à un p'tit dehors, dit-il d'un ton accusateur. Tu t'tiens avec les p'tits de première secondaire maintenant?

— T'as un problème avec ça?

— Non. Tant que tu leur vends pas d'la drogue.

— On peut pas dire que t'as confiance en moi, hein, Louis?

— De quoi vous parliez, d'abord ? insiste-t-il.

Je regarde Louis droit dans les yeux.

— J'lui donnais des conseils… pour s'adapter à la vie au collège.

— Ouais, c'est ça, dit-il en levant les yeux au ciel.

La vérité, c'est que les jeunes gâtés pourris de treize ans sont de bons clients. Celui aux cheveux bouclés noirs en a parlé à un de ses amis qui, à son tour, en a parlé à un des siens. Mardi matin, je n'ai presque plus rien à vendre.

Ce n'est qu'au moment où j'ai les trois derniers billets de vingt en main que je remarque un truc bizarre. Je ne sais pas pourquoi je n'ai pas pensé à vérifier ça plus tôt, mais les trois portent tous le même numéro de série : AZP3771444.

J'essaie de ne pas m'en faire. Après tout, si je ne l'ai pas remarqué avant, pourquoi quelqu'un d'autre le ferait ?

CHAPITRE 24

Je décide de m'accorder l'après-midi de congé. J'ai subi beaucoup de pression ces derniers temps, alors je me dis que je le mérite bien. D'ailleurs, j'ai plein de choses à faire. Je commence par écrire le mot d'absence que je devrai présenter demain. Je prends une feuille du papier à lettres de ma mère dans le tiroir de la cuisine et réalise ce que je considère comme une excellente imitation de son écriture. Par chance, la sienne est plutôt brouillonne… pas comme celle de certaines filles qui préfèrent les boucles et les fioritures.

« Tommy a encore eu une migraine. Nous l'avons donc gardé à la maison hier après-midi. Merci de votre compréhension. Sincères salutations, Céline Leclerc » Je me relis pour vérifier les fautes d'orthographe (Coupal serait impressionné) et je glisse la feuille dans la pochette latérale de mon sac à dos.

J'ai remboursé Rick juste avant de quitter l'école. Tandis que personne ne nous regardait,

je lui ai refilé une enveloppe contenant l'argent…
plus les intérêts. À vrai dire, il avait l'air un peu
déçu. J'imagine qu'il aimait bien l'idée que je lui
devais de l'argent.

Dès que je sors de chez nous, j'appelle Edgar
Milot pour lui dire que j'ai l'argent.

— Je suis ravi d'entendre cela, Tommy.

On se rencontre au café non loin du bureau
de mes parents. Il est exactement comme je
l'avais imaginé : un homme grand et mince, vêtu
d'un complet gris à fines rayures. Je lui donne
son enveloppe. J'ai un peu peur qu'il se mette
à me faire la conversation (de quoi on pourrait
bien parler, lui et moi ?), mais heureusement, ça
n'arrive pas. Au lieu de ça, il compte les billets du
bout de son index, puis me jette un regard sévère.

— Tout est là, dis-je sur la défensive.

— Je sais. Tu ne devrais pas être en classe, toi,
cet après-midi ?

III

Mon prochain arrêt : les Cours Mont-Royal.
Une chance que je suis venu aujourd'hui, car
comme me l'explique la vendeuse – pas la même

que l'autre fois –, c'est la dernière paire de lunettes de soleil Chanel.

— C'est pour offrir à quelqu'un d'important ? me demande-t-elle en les glissant dans une pochette en brocart doré.

— En fait, c'est pour ma blonde.

Clara n'est pas « officiellement » ma blonde, mais j'espère bien qu'elle le deviendra quand je lui donnerai les lunettes de soleil de ses rêves.

III

Dans le métro, en rentrant chez moi, je ressens un sentiment de bien-être incroyable. Même si l'air du métro sent le renfermé, et même si dans le wagon un bébé n'arrête pas de pleurnicher et que sa mère ne fait rien pour le faire taire, je me sens bien. Très bien même. Encore une enveloppe à donner à Patrick demain et je n'aurai plus de dettes.

En sortant du métro, je passe devant la boutique d'un fleuriste, rue Laurier. Sur un coup de tête, je fais demi-tour et y entre.

— Je vais prendre ce bouquet.

Je désigne à l'employé un bouquet de fleurs très coloré, qui est en montre près de la caisse. Je vais les offrir à ma mère. Après tout, c'est elle qui m'a permis de prendre l'après-midi de congé, pas vrai ?

Je repasse par le condo pour mettre les fleurs dans l'eau. Olivia ne m'entend pas entrer. Elle est occupée à nettoyer après le passage des ouvriers. Je l'entends se parler à voix haute en travaillant. « Cette satanée poussière de plâtre va me faire mourir », bougonne-t-elle.

Quand je consulte ma montre, je me rends compte qu'il est temps de repartir. L'école finit dans quinze minutes et je veux attraper Clara au coin de la rue près de chez elle. En prenant la pochette contenant les lunettes de soleil, je ressens une autre bouffée de bien-être m'envahir, comme dans le métro tout à l'heure. C'est donc ça, être amoureux ?

Au loin, j'aperçois Clara qui descend la rue dans ma direction. Elle balance son sac d'une main. Je la vois ensuite s'arrêter pour caresser un chat noir. Sous le soleil d'après-midi, ses cheveux paraissent presque blancs. C'est seulement lorsqu'elle est plus près que je remarque ses lunettes de soleil.

Il faut dire que je suis presque un expert en lunettes de soleil de luxe maintenant. Je vois tout de suite que ce sont des Chanel.

Elle les a déjà achetées…

— Hé, Tommy ! lance-t-elle en me saluant de la main, lorsqu'elle m'aperçoit. Pourquoi tu n'étais pas à l'école, cet après-midi ?

— Oh, j'devais m'occuper d'une p'tite affaire personnelle.

— Tu ne trouves pas que c'est une mauvaise idée de manquer l'école ?

La voix de Clara est teintée de déception, mais son corps m'envoie un message différent. Elle s'approche de moi et, l'espace d'une seconde, sa main effleure la mienne. Des décharges quasi électriques jaillissent de mes pieds et montent en flèche jusqu'à mes cuisses.

— Jolies lunettes, lui dis-je en coinçant le sac provenant des Cours sous mon bras pour qu'elle ne le voie pas.

Elle glousse.

— Je n'en pouvais plus d'attendre. Alors j'y suis retournée et je les ai achetées. Je me suis dit que je m'arrangerais avec mon père quand il aura reçu la facture.

— Elles te vont très bien.

Quand Clara sourit, on dirait une vedette de cinéma.

—Je sais, répond-elle en gloussant de nouveau. J'ai croisé Rick Lee il y a un instant, en sortant de l'école. Il a dit qu'il les trouvait magnifiques sur moi.

Je n'en reviens pas de voir à quelle vitesse on peut être superheureux un instant... et ultra-déprimé l'instant d'après. Je pourrais offrir à Clara de la raccompagner jusque chez elle, mais je n'en ai vraiment pas envie. Je me sens idiot, et la seule chose qui m'intéresse en ce moment précis, c'est d'aller m'allonger sur mon lit et d'oublier que j'ai déjà connu Clara.

En marchant vers chez moi, je me dis qu'il n'existe qu'une seule chose capable de me redonner le sourire : une bonne partie de cartes. Je sais que je ne devrais pas retourner sur le site du casino en ligne, mais j'ai l'impression qu'il m'appelle, comme les sirènes attirent les marins avec leurs chants. « Pour causer leur perte », ajouterait sûrement Coupal. Mais je m'en fiche. Tout ce que je sais, c'est qu'en ce moment, penser aux cartes m'aide à oublier ma petite vie minable.

Je déverrouille la porte du condo et je me vois déjà devant mon ordinateur, en train de me connecter au site. Il n'est que quatre heures. Ça veut dire qu'Olivia doit déjà avoir quitté et que mes parents ne seront pas rentrés avant des heures.

Mais en ouvrant la porte, j'entends des voix dans le salon. Celles de mes parents. Qu'est-ce qu'ils font ici ? Ma première pensée est que ce crétin de M. Milot m'a dénoncé.

Je prends une grande respiration et j'entre dans le salon. Marc-Olivier est là. Qu'est-ce que ça veut dire ?

— Tommy, ton frère traverse une crise, m'explique ma mère. L'université l'a renvoyé à la maison.

Quand je tente de le regarder, mon frère détourne les yeux.

CHAPITRE 25

Marc-Olivier est affalé sur le canapé. Il ressemble à un ballon complètement dégonflé.

— C'est quoi l'affaire ?

Je pose la question depuis le pas de la porte. Mes parents sont assis face à Marc-Olivier, dans deux fauteuils assortis. Ma mère se mordille la lèvre inférieure.

— Il dit qu'il ne veut pas en parler, répond mon père.

— Laisse-le tranquille, dit ma mère à mon père. L'important, c'est qu'on soit tous ensemble.

Ouais, ensemble mon œil. Tous ensemble, ça veut dire qu'on mange de la lasagne dans la salle à manger. Sauf que personne ne parle... en tout cas, personne ne dit rien d'important.

Au souper, quand ma mère demande à Marc-Olivier s'il s'est fait des amis à l'université, mon père change aussitôt de sujet.

— Alors, comment était le temps à Cambridge dernièrement ? demande-t-il à Marc-Olivier.

— Bien, répond-il sans lever les yeux.

C'est un vrai soulagement pour moi d'entendre mon cellulaire sonner juste avant le dessert.

— Ça vous dérange si j'prends l'appel ? J'vais faire ça vite, dis-je à mes parents.

Je quitte la table et vais me réfugier dans la cuisine. Grâce à mon afficheur, je sais que c'est Clara. J'essaie de prendre un ton décontracté.

— Ça va ?

— Je… euh… J'voulais juste m'assurer que tout allait bien pour toi… et pour nous deux.

Je la sens gênée.

— Tout va bien.

— T'avais l'air fâché tout à l'heure. Je me suis dit que c'était peut-être à cause des lunettes de soleil.

— J'étais pas fâché.

— T'es sûr ?

Je me dandine d'un pied sur l'autre.

— Écoute, mon frère vient d'rentrer à la maison et c'était pas prévu. Si je t'appelais plus tard… ou si on en parlait à l'école demain ?

— Ça te dirait de sortir samedi soir ? me demande-t-elle avant de raccrocher.

Je manque de lui répondre : « Pourquoi tu ne demandes pas à Rick s'il est libre, lui, samedi soir ? » Puis l'image de Clara caressant le petit chat noir me revient en tête et je réponds :

— OK.

Quand je retourne à la table, mon frère me lance un regard furieux.

— T'étais vraiment obligé de parler de mon retour imprévu à la maison ?

Je lui retourne son regard furieux.

— Personne m'a dit que c'était un secret d'État.

III

J'allume l'ordinateur dès que je mets le pied dans ma chambre. Une icône apparaît pour me signaler qu'il y a du courrier. C'est probablement un pourriel, mais je vérifie quand même, au cas. Je me connecterai au site tout de suite après.

Ce n'est pas un pourriel, mais un message de Marc-Olivier... ce qui est plutôt bizarre, car il ne m'a jamais écrit un seul courriel. Je vérifie la date et l'heure. Est-ce qu'il m'aurait adressé ça hier, de Cambridge ? Non, il vient de l'envoyer, il y a un instant, depuis sa chambre à l'autre bout du corridor. Quand je disais qu'il est bizarre...

« Tu voulais savoir ce qui se passe. Eh bien, voici : j'ai été expulsé du MIT pour tricherie. En gros, j'ai brûlé toutes mes chances d'étudier là et c'est foutu pour le stage d'été que j'avais décroché. Sauf que je n'ai pas le courage de l'annoncer à maman et papa. Mais je me suis dit que toi, tu serais sûrement heureux d'apprendre ça, étant donné que tu m'as toujours reproché d'être le génie de la famille. Ton frère Marc-Olivier »

Je n'en crois pas mes yeux. Je relis le message. Deux fois. Puis je clique sur « répondre » et tape : « Mais bordel, pourquoi t'as triché à un examen ? »

La réponse apparaît environ quatre secondes plus tard. Elle ne contient qu'un mot : « Pression. »

Marc-Olivier a raison quand il dit que je lui ai toujours reproché d'être le génie de la famille, mais il a tort en affirmant que je suis sûrement heureux d'apprendre qu'il a des ennuis. C'est pourquoi au lieu d'aller jouer au poker en ligne comme j'avais l'intention de le faire, je traverse le condo et vais cogner à la porte de sa chambre.

III

Il ne semble pas surpris de me voir. Il est allongé sur son lit et fixe le plafond.

— C'est une *chick* qui t'a appelé tout à l'heure ?

Dans sa bouche, le mot *chick* sonne vraiment étrange. Comme si Marc-Olivier essayait d'être cool.

— C'est quoi le rapport ?

— Alors, c'en était une ?

— Ouais, ça s'trouve que c'en était une.

— Est-ce que tu l'aimes ?

Il est toujours étendu sur son lit, mais j'imagine que notre échange compte quand même pour une conversation… En tout cas, ça se rapproche autant d'une conversation que celles qu'on avait tous les deux quand on était petits et qu'on regardait les dessins animés ensemble le samedi matin, pendant que nos parents dormaient encore.

— Ouais, j'l'aime bien. Pourquoi tu veux savoir ça ?

Je commence à me dire que Marc-Olivier perd la tête. Il ne s'est jamais intéressé à ma vie personnelle. Il faut dire que je ne me suis jamais intéressé beaucoup à la sienne non plus. De toute façon, Marc-Olivier n'a jamais vraiment eu de vie personnelle. Pas de meilleur ami, pas de blonde, rien. Pas très surprenant de la part d'un gars qui envoie un courriel à son frère à l'autre bout du corridor, non ?

— C'est facile pour toi de te faire des amis.

Marc-Olivier me lance ça comme une accusation.

— Tu dois bien avoir quelques amis, non ?

— Pas vraiment…

Sa voix n'est plus qu'un murmure à présent.

— Hein ? Pas un seul ?

Un silence lourd plane sur nous et, pendant une seconde, je regrette d'avoir posé la question.

— Écoute, dit enfin Marc-Olivier, je comprends que quelqu'un comme toi puisse trouver ça difficile à croire, mais non, je n'ai aucun ami. Pas un. Je passe tout mon temps à étudier. Et maintenant, j'ai atteint le point où je n'arrive juste plus à étudier. Je n'arrive plus à rien faire. Je n'arrive même plus à dormir.

J'ai du mal à imaginer qu'on puisse passer tout son temps à étudier, mais je sais très bien à quel point on peut se sentir mal quand on n'arrive plus à dormir. Je repense à la nuit où j'ai perdu mille dollars en ligne et je dis :

— J'comprends.

Marc-Olivier continue à fixer le plafond. J'ai l'impression qu'il attend quelque chose de moi. Quelque chose de plus grand que ma compassion.

— Qu'est-ce que j'ai fait de pas correct pour en arriver là ?

Il dit ça d'une voix tellement faible qu'on dirait qu'elle vient de très loin.

Je retiens mon souffle. J'ai du mal à croire que M. Merveilleux me demande *à moi* ce que *lui* a fait de pas correct. Dans le fond, il a peut-être raison. Peut-être bien que je sais quelque chose que Marc-Olivier ne sait pas. Peut-être bien que je sais comment me faire des amis. Je n'y avais jamais pensé avant, c'est vrai. Ça me vient tout seul, naturellement. Comme Marc-Olivier a naturellement le tour avec les ordinateurs. Et comme mes parents ont naturellement le sens des affaires.

— Écoute, une chose qui pourrait t'aider, ça serait de ne pas toujours parler des études, de tes notes et du fait que t'es le meilleur dans tout.

— Je fais ça, moi ?

Il semble vraiment surpris.

— D'après mes observations, j'dirais que oui. Absolument, oui. Et tu devrais pas non plus prononcer le mot *chick*. Ça sonne pas bien dans ta bouche.

Marc-Olivier hoche lentement la tête. Puis, pendant quelques secondes, aucun de nous ne parle. Finalement, je lui demande :

— Qu'est-ce que t'entends par « pression » ?

Cette fois, Marc-Olivier se tourne vers moi.

— Depuis un bout de temps, je subis une pression énorme. Je veux rendre maman et papa heureux, je veux qu'ils soient fiers de moi, mais au MIT, la compétition est incroyablement forte. Je ne suis plus capable de suivre. Et puis... je commence à être tanné de ne pas avoir de vie sociale. Je pense que c'est pour ça que j'ai triché.

— T'as triché parce que t'avais pas d'amis ?

J'ai du mal à suivre son raisonnement.

— J'ai triché parce que je ne peux plus continuer comme ça.

Dans l'obscurité, je hoche la tête.

— Quand est-ce que tu vas annoncer ça aux parents ?

— Quand je vais être prêt, dit-il en se remettant à fixer le vide. Hé, Tommy, ajoute-t-il en s'adressant toujours au plafond, qui aurait pensé qu'en fin de compte, ce serait toi le gars équilibré de la famille ?

Marc-Olivier rit de sa remarque. Je ris aussi... en partie parce que je suis content de l'entendre rire, mais aussi parce que c'est drôle. Pas mal plus drôle qu'il ne le pense.

III

Quand je reviens dans ma chambre, je suis tellement fatigué que je n'éteins même pas l'ordinateur. Je me contente de me traîner jusqu'à mon lit. Pendant que je m'assoupis, le son du rire de Marc-Olivier résonne dans ma tête... « Qui aurait pensé qu'en fin de compte, ce serait toi le gars équilibré de la famille ? »

Mais moi, je connais la vérité. Je ne suis pas du tout un gars équilibré. Bien sûr, j'ai des amis, bien sûr, j'ai presque une blonde... mais j'ai aussi vendu des faux billets à des jeunes de treize ans. Le voyant lumineux de mon ordi clignote dans le noir. Ça me fait penser au site de jeu en ligne, aux parties de poker avec Rick et ses amis, au casino, à tout l'argent que je dois.

Depuis quand c'est équilibré un gars qui est accro au jeu ?

CHAPITRE 26

— C'est quoi ça ?

Patrick compte l'argent que je viens de lui donner. J'ai l'impression que ses yeux noirs sont encore plus foncés que d'habitude.

— Tu m'avais dit que tu m'donnerais six piastres par billet de vingt.

— Ça, c'était avant que j'découvre qu'ils avaient tous le même numéro de série.

Patrick lève les yeux vers moi un instant, puis détourne le regard.

— OK mon vieux, concède-t-il, on règle ça pour cinq.

— Quatre. Pas une cenne de plus.

— Tu négocies fort, le jeune. La prochaine fois, on f'ra plus attention à leu numéros de série.

« Leu numéros. » Ce bon vieux Pat aurait besoin d'un cours de grammaire.

— J'pense pas qu'il va y avoir de prochaine fois. J'vais arrêter d'faire des conneries.

Patrick me donne une tape dans le dos et dit :
— Tout l'monde dit ça. C'est juste qu'on l'fait jamais, finalement.

III

Rue Laurier, un laveur de vitres vide un seau d'eau sale dans une bouche d'égout. J'aperçois mon reflet dans une des vitrines fraîchement lavées. En l'examinant, je repense soudainement au devoir de Coupal. « Au fait, je suis qui, moi, dans cet univers ? »

Je me demande comment Marc-Olivier répondrait à cette question. Je n'aurais jamais imaginé qu'un jour je plaindrais mon grand frère, mais c'est pourtant ça. M. Merveilleux n'est pas si merveilleux que ça, après tout. Mais si Marc-Olivier n'est pas la personne que je croyais qu'il était, est-ce que je ne serais pas, moi aussi, une autre personne ? Coupal avait raison sur un point : l'identité, ça peut être pas mal compliqué.

Un peu plus loin, j'croise un groupe de jeunes, tous vêtus de l'uniforme du collège. Ils sortent d'un magasin. Comme l'entrée est étroite, ils crient et se bousculent.

— Allez! crie l'un. Tu m'rends claustrophobe.

Quand il se retourne, je reconnais le gars de première secondaire aux cheveux bouclés noirs qui m'a acheté des faux billets. Une fois sur le trottoir, il s'arrête pour ôter l'emballage en plastique d'un paquet de cigarettes.

— T'as combien d'argent sur toi? lui demande un des autres jeunes.

— Cent et quelque, répond-il, mais j'dois m'en garder pour m'acheter une fausse carte d'identité.

Une fausse carte d'identité en première secondaire? On a eu les nôtres en troisième secondaire! Il doit plaisanter. Y a pas un videur dans toute la ville de Montréal qui laisserait entrer un jeune de treize ans dans un bar. Surtout pas un « format minus » comme lui.

— Une fausse carte? répète un de ses amis, l'air intéressé. Combien ça coûte?

Je ralentis pour pouvoir les observer de loin. Ils décident d'entrer dans un dépanneur. On dirait qu'ils se déplacent en bande.

— On va voir s'ils nous vendent d'la bière, déclare l'un des garçons en sortant quelques billets de sa poche.

Quelque chose me dit que je reconnaîtrais probablement le numéro de série de ces billets. Des cigarettes, de fausses cartes d'identité, de la bière : c'est bien de savoir que l'argent que je leur ai refilé sert à toutes sortes de bonnes causes.

III

J'appelle Louis sur mon cellulaire. Je n'étais pas dans mon assiette ces derniers temps, trop accaparé par tous mes problèmes. Maintenant que ça va mieux, je ressens le besoin urgent de reprendre contact avec mon ancienne vie. Avant que les choses ne se compliquent de nouveau. Qui sait, Louis a peut-être envie de passer du temps avec moi ?

Quand il décroche pourtant, il ne semble pas très heureux de m'entendre.

— Écoute, Tommy, j'suis plutôt occupé. J'vais t'rappeler tout de chuite, euh... tout de suite après l'souper, d'accord ?

Pendant une seconde, je ne sais pas trop quoi répondre. Depuis le temps qu'on se connaît, Louis n'a jamais été trop occupé pour me parler... et je ne l'ai jamais entendu bafouiller. Il ne serait pas en train de boire ?

— J'vais t'rappeler tout de chuite, euh… tout de suite après l'souper, répète-t-il.

Pourquoi me dit-il deux fois la même chose ?

Y a quelque chose qui cloche, c'est sûr. Qu'est-ce que Louis peut bien faire en cachette un vendredi après-midi et qu'il ne veut pas que je sache ? Je viens à peine de me poser la question que la réponse surgit dans ma tête. Il est chez Rick.

III

J'y vais en courant. En moins de dix minutes, je suis rendu. J'aperçois aussitôt le vélo dix vitesses de Louis, cadenassé à un poteau de clôture.

Au début, personne ne répond quand je sonne. Puis, je remarque du mouvement derrière les rideaux du salon. Une minute plus tard, Rick vient répondre à la porte, mais ne fait que l'entrouvrir.

— Écoute mon vieux, dit-il, j'suis désolé de pas t'avoir invité à la partie d'aujourd'hui, mais la table était déjà pleine. Huit joueurs.

Il commence à refermer la porte.

Le plus bizarre, c'est que pour une fois, je ne pense même pas à jouer. Je ne m'imagine pas en train de remporter des mains ou des piles de jetons : je suis concentré sur Louis. Mais maintenant que Rick essaie de me fermer la porte au nez, je commence à me sentir insulté. Peut-être que dans le fond, je veux jouer. Après tout, ce n'est pas comme si j'avais besoin d'un prêt. La bonne vieille envie de jouer est en train de revenir, me tombant dessus par surprise comme un banc de brouillard.

Rick pousse contre la porte. Pourquoi veut-il se débarrasser de moi à ce point-là ? C'est alors que je comprends vraiment ce qui se passe : Rick et ses amis doivent être en train de lessiver Louis. Il devait être tellement content d'être invité à leur partie de poker qu'il ne s'est pas méfié et est tombé dans le piège.

Je lève la main et la place sur le cadre de porte pour empêcher Rick de la refermer.

— J'veux parler à Louis.

— Pour qui tu t'prends… pour sa mère ?

De grands éclats de rire me parviennent de la salle à manger, mais je ne reconnais pas celui de Louis parmi eux. Je crie d'une voix forte pour qu'il m'entende :

— Louis ! Faut que j'te parle !

Un grand costaud asiatique que je n'ai jamais vu se pointe à la porte et demande :

— Y a un problème ici ?

Je sens son haleine de bière quand il parle.

Pendant une seconde, je songe à m'en aller. Après tout, si Louis veut flamber son argent, c'est son affaire. En plus, le gros costaud qui ressemble à un lutteur sumo semble mourir d'envie de se battre.

Mais je n'arrive pas à m'ôter l'idée que je suis responsable de Louis. Après tout, c'est moi qui lui ai montré à jouer au Texas Hold 'em. Si ce n'était pas de moi, il serait chez lui en ce moment, en train d'aider sa petite sœur à faire son devoir de maths.

— Louis !

Je pousse Rick pour entrer. Aussitôt, le lutteur sumo m'agrippe par le collet. Pendant une seconde, je suis sûr qu'il va me frapper. Et s'il le fait, je sais déjà que ça va faire mal. Très mal. Le gars est vraiment baraqué. Le genre à me briser les os sans le faire exprès.

— Lâche-moi !

Je suis le premier surpris par ma voix. Je n'ai même pas crié. En fait, je n'ai même pas élevé le ton. Ce qui surprend vraiment, c'est que j'ai eu l'air sûr de moi, concentré. Du genre qui ne plaisante pas.

Je suis encore plus surpris quand le lutteur sumo me lâche.

Louis est affalé sur la table de la salle à manger. Cinq bouteilles de bière vides sont alignées devant lui.

— Viens-t'en, Lou, c'est le temps de rentrer maintenant, dis-je en m'approchant de lui.

— Tapis. J'veux faire tapis, répète Louis en tendant la main vers sa pile de jetons.

— Non, tu veux pas, dis-je en posant ma main sur la sienne. Tu veux ton argent. Tout de suite.

Les autres gars ne sont pas très heureux d'entendre ça, mais ils changent quand même ses jetons… pour la somme de cent trente dollars.

— Je vais m'occuper de ça pour toi, dis-je à Louis en lui prenant l'argent des mains et en le fourrant dans ma poche avant.

Ce n'est pas facile de faire bouger Louis : d'abord le soulever de sa chaise, puis le sortir de la maison.

— Ça allait ben, mes affaires…

Louis proteste mollement tandis que je l'aide à descendre l'escalier devant chez Rick.

Il tombe en mettant le pied sur la dernière marche. À présent, je dois trouver le moyen de le remettre debout. Je prends tout son poids sur mon épaule et le hisse. Il a vraiment quelques kilos à perdre.

— Mon vélo est là-bas, dit-il en désignant la clôture.

— J'pense pas qu'tu sois capable de rouler à vélo dans ton état.

Puis je prends une grande respiration et me prépare à descendre la rue en le traînant jusque chez moi.

CHAPITRE 27

Marc-Olivier fait une drôle de tête en nous voyant entrer dans le condo, Louis et moi.

— T'aurais dû m'laisser faire tapis, proteste encore Louis.

Il a bavassé durant tout le trajet et ça commence à me tomber joyeusement sur les nerfs.

Tout mon corps, y compris les creux derrière mes genoux, dégouline de sueur. Je pense que je n'ai jamais autant forcé de toute ma vie.

— Change de disque, Louis, OK?

Je l'aide à ôter ses chaussures, puis je lui tends les cent trente dollars en lui disant:

— Compte-toi chanceux de pas avoir perdu tout l'argent que t'avais gagné à tondre des pelouses.

Louis rote bruyamment.

En voyant Marc-Olivier se lever de son tabouret dans la cuisine et ouvrir la porte du frigo, je pense qu'il veut se faire un sandwich. C'est seulement après que je remarque le sac de café qu'il a à la main.

— Merci, lui dis-je en le voyant verser l'eau dans la cafetière.

Tandis que le doux arôme du café se répand dans l'air, les muscles de mes épaules commencent enfin à se détendre.

III

Clara m'emmène voir *Le tueur fantôme.* C'est un film stupide, mais j'aime sentir Clara se blottir contre moi durant les scènes qui font peur.

— Alors, penses-tu que j'ai eu tort d'acheter les lunettes de soleil sans en parler à mon père ? me demande-t-elle sur le chemin du retour.

Au début, je ne dis rien.

— Parfois, c'est difficile de résister à certaines choses.

— J'ai dépassé largement mon budget du mois. Crois-tu que je devrais les retourner ?

À l'entendre, on dirait soudainement qu'elle a sept ans.

— J'sais pas, Clara. C'est à toi d'répondre à cette question.

On parcourt le dernier pâté de maisons avant la sienne sans parler.

— Je sais que ça a l'air fou de dire ça, mais je les aime vraiment ces lunettes de soleil, dit Clara quand on arrive devant chez elle. Il y a aussi ce jean Seven qui est génial et que je veux vraiment, vraiment. Tu devrais voir la coupe.

Elle a presque le souffle coupé en décrivant le jean.

— Mais il coûte trois cents dollars. Mon père va capoter.

Pour la première fois, je me dis qu'au fond, je n'aime peut-être pas Clara autant que je le pensais. Lorsqu'elle lève le menton pour que je l'embrasse… je ne fais qu'effleurer ses lèvres une seconde. Puis, juste au moment où je me retourne pour rentrer chez moi, Clara s'exclame :

— Oh ! c'est vrai ! Je sais pas comment j'ai pu oublier de te dire ça, Tommy. Plusieurs élèves de première secondaire se sont fait prendre à payer avec de faux billets. Où ils ont pu prendre ça d'après toi ?

Je m'immobilise en plein milieu de l'allée pavée qui relie la maison de Clara au trottoir.

— Aucune idée, dis-je.

Après que Clara est rentrée chez elle, je reste planté dans l'allée jusqu'à ce que mon cœur cesse de battre comme un fou.

III

Toute la journée de dimanche, je suis nerveux et j'ai l'estomac à l'envers. Puis, lundi matin, quand j'aperçois une rangée de voitures de police garées devant l'école, j'ai l'impression que je vais vomir.

— Vous semblez encore un peu patraque, monsieur Leclerc, me dit Coupal quand j'entre dans le local de français. Un peu trop fêté en fin de semaine, peut-être ?

— Ça ressemble à ça, dis-je en me forçant à sourire.

Impossible de me concentrer en classe. Toutes les dix minutes, j'aperçois un élève de première secondaire emprunter le corridor qui mène au bureau du directeur. C'est là que les policiers doivent mener leurs interrogatoires.

J'essaie d'imaginer quelle est la meilleure stratégie à adopter. Je peux intercepter un de ces élèves en chemin vers le bureau du directeur, l'intimider un peu, lui rappeler les ennuis qu'il aura s'il me dénonce. Je peux aussi me faire tout petit et espérer que personne ne me dénoncera. Je n'ai même pas besoin de regarder mes mains pour savoir qu'elles tremblent.

En fin de compte, je décide qu'il vaut mieux ne pas trop attirer l'attention sur moi. Après le cours, je me tiens loin du bureau du directeur. Quand la cloche de la récréation sonne, je me force à aller au labo d'informatique. Il faut que je m'occupe – n'importe comment – pour oublier mes ennuis. D'ailleurs, je dois travailler sur ma page Web.

Partout – dans le corridor, près des cases –, des élèves semblent flâner par petits groupes et chuchoter entre eux. De temps en temps, l'un d'eux désigne le devant de l'école où sont toujours garées les voitures de police.

Quand je respire, j'ai l'impression qu'il y a trop d'air dans mes poumons. Est-ce que je serais en train d'hyperventiler ou quoi? Je m'ordonne d'inspirer et d'expirer lentement. Si je réussis à me détendre, tout va bien aller.

Pas vrai?

Je me sens un peu plus calme quand j'ouvre la porte du labo d'informatique. J'essaie de me concentrer sur ma page Web. Pour la première fois, je me dis que je ne devrais peut-être pas y donner seulement des trucs pour aider les jeunes à gagner lorsqu'ils jouent à l'argent. Ça ne serait sûrement pas mauvais d'ajouter quelques conseils pour les empêcher de tomber dans le piège du jeu. Après tout, si j'avais lu quelque chose du genre, je ne serais peut-être pas dans le pétrin à présent.

III

Même si les policiers sont déjà partis quand je sors de l'école, je ne peux m'empêcher de jeter des coups d'œil par-dessus mon épaule à tout bout de champ. Personne ne me suit. Je prends une grande respiration, lente et profonde. Je me dis que peut-être – mais seulement peut-être – j'ai réussi à m'en tirer.

Je me sens quand même encore nerveux. Chaque fois que je tourne un coin de rue, je m'attends presque à voir quelqu'un surgir pour m'arrêter. Plus tard, à la maison, je me mets à transpirer chaque fois que le téléphone sonne. Mais c'est seulement le bureau du dentiste qui nous rappelle que c'est le temps de mon rendez-vous annuel et le peintre qui laisse un message à ma mère.

On est tous les quatre en train de manger de la pizza dans le petit salon quand ça sonne à la porte. J'essuie la sauce tomate sur mes lèvres, tandis que mon père s'extirpe du canapé pour aller répondre.

Pendant une seconde, j'ai l'impression qu'il se déplace au ralenti. Des images disparates me traversent l'esprit à chaque pas qu'il fait. Comme si je regardais un film à l'histoire décousue. Je vois les poupounes du site de jeu en ligne, Louis qui tombe devant la maison de Rick, les élèves de première secondaire qui espèrent pouvoir acheter de la bière au dépanneur, et Patrick qui recompte son argent.

J'entends des voix venir du vestibule, mais le son est étouffé, comme si on était sous l'eau. Je reconnais toutefois mon nom, prononcé toutes les cinq secondes. Mes mains sont tellement froides que je me mets à les frotter l'une contre l'autre pour les réchauffer.

Je sais que c'est la police avant même qu'un des agents entre dans le petit salon et se présente.

— Sergent Gagnon, dit-il.

Je remarque tout de suite le pistolet qu'il porte à la ceinture.

— Nous aimerions parler à Tommy Leclerc, ajoute-t-il en laissant son regard alterner entre Marc-Olivier et moi.

Jamais je n'avais remarqué à quel point le visage de mon père était ridé.

— Tommy, mais qu'est-ce qui se passe, pour l'amour ?

Je sens le regard du sergent rivé sur moi.

En silence, je me lève du canapé. Marc-Olivier aussi me dévisage. Au début, j'ai l'impression qu'il se sent mal pour moi. Hier soir, il a dit la vérité aux parents à propos du MIT. Maintenant, lui aussi sait ce que ça fait de les décevoir. Mais quand je croise ses yeux, j'y lis autre chose que de la compassion. J'y lis du soulagement. Il est soulagé de voir que j'ai fait une bêtise pire que la sienne. Car après tout, si la police est ici, c'est que j'ai commis quelque chose de pas mal plus grave que ce qu'il a fait, lui.

Mes jambes flageolent quand je m'avance vers les deux policiers. Au début, je baisse la tête, mais ensuite, je la relève et je regarde le sergent droit dans les yeux.

Ma mère vient me barrer la route, une main couvrant sa bouche comme si elle ne pouvait tout simplement pas encaisser une mauvaise nouvelle de plus. Quand sa main retombe, elle se tourne vers les policiers.

— Mon fils ne ferait jamais rien d'illégal, déclare-t-elle.

Elle insiste, mais à entendre combien sa voix est chevrotante, je devine qu'elle n'est pas du tout convaincue de ce qu'elle affirme.

— Nous avons des renseignements te liant à une opération d'écoulement de faux billets au collège Hilltop, m'explique l'autre agent de police.

Même s'il n'a prononcé la phrase qu'une seule fois, je l'entends résonner en boucle dans ma tête : « Nous avons des renseignements te liant à une opération d'écoulement de faux billets au collège Hilltop. »

Ma mère manque de s'étouffer. Mon père se tourne vivement vers moi et place son index sur ses lèvres. À part ses yeux qui lancent des éclairs, tout le reste de son corps semble calme.

— Ne dis rien, Tommy, m'ordonne-t-il les lèvres serrées. Pas un mot tant qu'on n'a pas parlé au père de Louis.

Mon père va être furieux, mais tant pis. Dans ma tête, une chose est sûre : pas question de ne rien dire. Je n'en peux plus des mensonges. J'en ai assez de bluffer.

— Je suis coupable.

En m'entendant prononcer ces mots, je suis stupéfait de constater à quel point ma voix est forte et claire.

Mon père m'agrippe le poignet, mais je me libère de son étreinte. Oui, j'ai des ennuis. Oui, je devrai payer le prix pour tout ce que j'ai fait de croche. Je serai probablement expulsé de Hilltop... et qui sait si une autre école à Montréal voudra de moi ?

Mais pour la première fois en quinze ans, je me sens comme si je commençais – à peine – à savoir qui je suis vraiment.

REMERCIEMENTS

J'ai eu grand besoin de perfectionner mon jeu au poker pour écrire ce livre. Je remercie donc Matthew et Jonathan Glickman, mes premiers entraîneurs de poker, ainsi que mes « partenaires » de poker habituels : Ryan Abrams, Corey Krakower et Rachel Rudolf. Ryan, Corey et Rachel ont aussi eu la gentillesse d'accepter de lire la première ébauche du manuscrit. Corey se voit également attribuer le mérite d'avoir trouvé le titre du roman et de m'avoir révélé tous les secrets du jeu en ligne (même si je n'aurai jamais perdu dix dollars aussi rapidement de toute ma vie). Merci à Jeffrey Derevensky du Centre international d'étude sur le jeu et les comportements à risque chez les jeunes de l'Université McGill de m'avoir fait part des résultats de ses recherches ; à Winnie Tom de m'avoir fourni certains détails concernant la communauté asiatique de Montréal ; à Lee Rovinescu d'avoir partagé son expérience en tant qu'élève d'un collège privé; à Brian Smith de m'avoir guidée dans le jargon du basket-ball; à Anthony Bossy d'avoir relu les passages liés au basket-ball; à Jordan Frankel de m'avoir révélé comment fabriquer de fausses cartes d'identité grâce aux trucs de l'ami d'un ami; et à Daniel Haberman de m'avoir expliqué comment importer de l'information sur un ordinateur. Je remercie également mon père, Maximilien Polak, et mon amie Donna Tolmatch pour avoir lu la première version du roman. Comme toujours, je remercie mes copines Viva Singer et Barbara Vininsky pour leur amitié indéfectible. J'exprime aussi ma reconnaissance à l'équipe de James Lorimer: Hadley Dyer, mon éditeur-si-futé; à Jennifer Fox, à la promotion; à Ryan Day, à la production; et à James Lorimer pour m'avoir permis d'écrire le livre que j'avais envie d'écrire. Enfin, je remercie du plus profond du cœur mon M. Merveilleux à moi, Michael Shenker, ainsi que ma fille Ali pour leur amour, leur soutien et leur humour.

L'AUTEURE

Monique Polak est une collaboratrice régulière du quotidien montréalais *The Gazette* et du *Montreal Business Magazine*. Elle a aussi signé des textes dans plusieurs autres publications d'importance, tels le *Globe and Mail*, le *National Post* et le *Newsday*. Elle vit à Montréal avec son mari et sa fille, et elle y enseigne l'écriture et la littérature anglaise.

Des éloges à propos d'œuvres précédentes de Monique Polak :
« Le travail exemplaire de Monique Polak est absolument convaincant. »
— *Montreal Review of Books*

« Monique Polak a créé une histoire tout à fait en accord avec la réalité des jeunes d'aujourd'hui. »
— *CM : Canadian Review of Materials*

PARKOUR C'EST AUSSI...

Emily est trop gentille. Elle le sait. En aidant Michael, elle le sera une fois de trop. Ce drôle de gars réservé, maladroit, est client du cyber-café où elle travaille. Et il l'aime. De moins en moins discret, de plus en plus menaçant. Où finit l'amour, où commence l'obsession ?

Les éditions de la courte échelle inc.
160, rue Saint-Viateur Est, bureau 404
Montréal (Québec) H2T 1A8
www.courteechelle.com

Traduction : Hélène Pilotto
Révision : Hélène Ricard

Dépôt légal, 3ᵉ trimestre 2011
Bibliothèque nationale du Québec

Édition originale : *All in*

La courte échelle reconnaît l'aide financière du gouvernement du Canada
par l'entremise du Fonds du livre du Canada pour ses activités d'édition.
La courte échelle est aussi inscrite au programme de subvention globale
du Conseil des Arts du Canada et elle reçoit l'appui du gouvernement du Québec
par l'intermédiaire de la SODEC. La courte échelle tient également à remercier le
gouvernement du Canada de son soutien financier pour ses activités de traduction
dans le cadre du Programme national de traduction pour l'édition du livre.

La courte échelle bénéficie du Programme de crédit d'impôt pour l'édition de livres
— Gestion SODEC — du gouvernement du Québec.

**Catalogage avant publication de Bibliothèque et Archives nationales
du Québec et Bibliothèque et Archives Canada**

Polak, Monique
[All in. Français]
Pris au jeu
(Parkour)
Traduction de : All in.
Pour les jeunes de 12 ans et plus.
ISBN 978-2-89651-501-1

I. Pilotto, Hélène. II. Titre. III. Titre : All in. Français.
IV. Collection : Parkour.

PS8631.O43A6414 2011   jC813'.6   C2011-941137-7
PS9631.O43A6414 2011

Imprimé au Canada